blue notes
54

W0280970

In Gröningen bei Halberstadt 1814 geboren, in Magdeburg gegen ihre Neigung mit einem englischen Fabrikanten verheiratet, erkor sich Louise Aston nach ihrer Scheidung Berlin als Wahlheimat. Hier erregte sie im Vormärz Aufsehen als Frau, die in Hosen posierte und auf der Straße rauchte, die mit Männern durch Kneipen und Debattierclubs zog und freie Liebe propagierte. Man nannte sie die deutsche George Sand. Sie schrieb drei Romane und viele Gedichte, erregte durch ihre Religionskritik das Missfallen der preußischen Polizei und wurde mehrmals aus der Metropole ausgewiesen. Im Revolutionsjahr 1848 zog sie mit einem Freikorps in den Krieg gegen Dänemark, gründete die Zeitschrift *Der Freischärler* und lernte ihren zweiten Mann kennen, den Arzt Eduard Meier. Mit ihm wanderte sie in den Folgejahren durch den Osten Europas, immer in der Furcht vor Bespitzelung und Ausweisung. Unsere Epoche dürfte reif sein für die Wiederentdeckung einer großartigen Kämpferin, der es immer um die Freiheit ging – im erotischen ebenso wie im politischen Sinn.

Die vielfach ausgezeichnete Journalistin und Autorin Barbara Sichtermann *arbeitet für verschiedene Printmedien und Rundfunksender. Sie veröffentlichte zahlreiche Bücher zu Themen wie Pubertät, Weiblichkeit, Mütter, Paare, Frauenemanzipation, Geschlechterfragen und Sexualität. In der edition ebersbach erschien 2013:* Ein freies Frauenzimmer. Caroline Schlegel-Schelling.

Barbara Sichtermann

»Ich rauche Zigarren und glaube nicht an Gott«

Hommage an Louise Aston

edition ebersbach

Inhalt

Der Lebensweg

»Freiem Leben, freiem Lieben
Bin ich immer treu geblieben.«

Pastorentöchter hatten im frühen 19. Jahrhundert einen kleinen Vorsprung vor anderen Mädchen ihrer Generation. Für sie gab es zwei interessante, einander widerstreitende Entwicklungsmöglichkeiten. Durch die Nähe der Kirche und ihrer Rituale, durch den Papa als Prediger konnten sie eine tief empfundene heitere Frömmigkeit entwickeln. Dazu gehörte, dass sie ihr Los als Frau – und das hieß vor allem: die Pflicht zum Gehorsam gegenüber den Geboten der Religion und des Ehemanns –, freudig auf sich nahmen und im Gebet und in der Gemeindearbeit Erbauung und Sinn erfuhren. Andererseits: In Pfarrhaushalten herrschte ein gewisser Bildungsdruck. Lesen und Schreiben, aber auch die Interpretation von Texten war für Pfarrerskinder, auch für Töchter, obligatorisch, denn eine erfüllende religiöse Übung, die ja Tag für Tag erfolgen sollte, setzte eine geübte Denktätigkeit voraus. War aber ein Mädchen erst mal so weit gekommen, dass es am Lesen und vielleicht auch Selber-Schreiben Freude fand, so konnte es sehr gut sein, dass es andere Texte als immer nur die Bibel lesen wollte. Und wenn sich im Pfarrhaus eine Bibliothek befand, was häufig der Fall war, so griff das Kind wohl neugierig nach allerlei Folianten und lernte ein Stück Welt kennen, was der schlichten Orientierung auf den rechten Glauben zuwiderlaufen konnte.

In der Familie des Gröninger Pfarrers Johann Gottfried Hoche, Jahrgang 1762, gab es in der Schar der Sprösslinge zwei Töchter, deren Entwicklung jeweils in einer dieser beiden Richtungen verlief, und zwar in Reinform. Eulalia reifte zu einer tief religiösen Frau heran, sie wurde Schriftstellerin und warb in ihren Werken für ein Gott wohlgefälliges Leben. Eine Gedichtsammlung aus ihrer Feder trug den Titel *Psalterklänge.* Die jüngere Louise übte sich ebenfalls im Schreiben. Ihr erstes poetisches Werk – *Wilde Rosen* – feierte die freie Liebeswahl als entscheidenden Schritt zur Emanzipation – von Frauen und Männern. In Romanen und Traktaten gab Louise ihre Abkehr von der Kirche kund und betätigte sich später als Parteigängerin der Revolution von 1848. Beide Schwestern hielten zeitlebens Kontakt.

Pfarrer Hoche, Sohn eines Gutspächters, war seinerseits beides gewesen: fromm und aufmüpfig, gläubig und kritisch. Er wäre gern Hochschullehrer für das Fach Geschichte geworden. Aber dieser Plan zerschlug sich. Hoche hatte in Halle evangelische Theologie studiert, er arbeitete als Schriftsteller und Historiker – Schwerpunkt: die Niederlande – in Halberstadt. Sein Buch über die *Geschichte des päpstlichen Jubeljahres* kam auf den Index verbotener Bücher der katholischen Kirche. 1800 nahm er schließlich ganz in der Nähe, im kleinen beschaulichen Gröningen, eine Pfarrstelle als Brotberuf an. Dort stieg der begabte Prediger auf und brachte es zum Rat im Konsistorium Halberstadt, einem kirchlichen Verwaltungsamt.

In Gröningen wurde am 26. November 1814

Louise Franziska Hoche geboren. Das Kind war zart, hübsch und lebhaft. Leider wissen wir nicht viel aus Louises frühen Jahren. Aber wir dürfen davon ausgehen, dass Pfarrer Hoche, der selbst neben seinen Verpflichtungen für den protestantischen Klerus immer Schriftsteller blieb und auch schöne Literatur verfasst hat, großen Wert darauf legte, seinen Kindern eine profunde Bildung angedeihen zu lassen, und dass er die Töchter davon nicht ausnahm. Auch Mutter Charlotte, geborene Berning, wird als Schöngeist geschildert, als Förderin der Phantasie ihrer Kinder. Und so wuchsen die Gröninger Pastorentöchter zu ehrgeizigen jungen Mädchen heran, die verstehen wollten, was in der Welt los war. Bibelstudium und im Übrigen Sticken und Klavierspielen, das übliche Bildungsprogramm für Bürgertöchter, genügte keinesfalls. Wir dürfen schließen, dass es einen guten Unterricht für sie gegeben hat, denn Louises Werke zeichnen sich durch einen beträchtlichen Wortschatz aus, des Weiteren durch Kenntnisse der Literatur ihrer Zeit und zwar nicht nur der belletristischen, sondern auch der politischen und philosophischen. Dass Fremdsprachen gelehrt wurden, ist gut möglich. Louise hielt später Briefkontakt zu oppositionellen Gruppen in London, und sie kannte sich unter den französischen Frühsozialisten wie Charles Fourier und Henri de Saint-Simon aus, von denen wohl längst nicht alle zu ihrer Zeit ins Deutsche übersetzt waren. Kurz und gut: Man las und lernte Vieles im Haus Hoche, die Lust am Denken wurde durch regelmäßige Lektionen geweckt und ausgebildet, und wir dürfen uns Louise als ein Mädchen vorstellen, dass jeden Bildungsreiz begierig aufgriff.

Aber dann gab es einen Bruch. Mädchen mussten irgendwann Frauen werden, und das wurden sie, indem sie eine Ehe schlossen. Von diesem vorgezeichneten Lebenspfad gab es nur wenige Ausnahmen, und die waren meistens nicht erwünscht; das ›sitzen gebliebene Fräulein‹, das ›späte Mädchen‹ waren keine Vorbilder. Der Schritt in die Ehe wurde nicht notwendig und nicht immer als ein Bruch erlebt. Doch so geschah es in einer großen Zahl weiblicher Lebensläufe. Die Romantiker mit ihren Vorstellungen von der Liebesheirat, die ersten Berufsschriftstellerinnen des 18. Jahrhunderts mit ihrer Kritik am aus ökonomischen oder politischen Rücksichten geschlossenen Lebensbund hatten nichts daran geändert, dass immer noch die sogenannte Konventionsehe als Norm galt.

Die Eltern suchten für die Tochter den passenden Mann aus, von Liebe war nicht die Rede, stattdessen von Stand und Vermögen des Zukünftigen. Die jungen Männer hatten es nicht allzu viel besser. Auch für sie galt, dass weniger die Gefühle für die Braut von Bedeutung seien als vielmehr deren Mitgift. Allerdings gab eine Frau, wenn sie heiratete, nicht nur mit ihrem Namen die Zugehörigkeit zu ihrer Herkunftsfamilie auf, sondern auch alle persönlichen Rechte, sie musste sich in jeder Hinsicht ihrem Mann unterordnen. Da diese Selbstaufgabe für den Mann nicht galt, war der Schritt in die Ehe für ihn in der Regel kein Bruch und lebensgeschichtlich auch längst nicht so bedeutsam wie für die Frau.

Schon die Altersunterschiede, die in jenen Zeiten bei Eheschließungen vorkamen, geben einen Hinweis darauf, dass es meist nicht der Wunsch war, gemeinsam durch das Leben zu gehen, der ein Paar vor den Altar führte. Häufig liest man von 15-jährigen Bräuten, die dreimal so alten Gatten angetraut wurden. Da viele Frauen im Kindbett starben, gab es eine große Anzahl von Witwern, die es trotz ihrer vorgerückten Jahre zu einer möglichst jugendlichen Zweit- oder Drittfrau zog. Und wenn sie, was Stand und Vermögen betraf, etwas zu bieten hatten, brauchten sie auch nicht lange zu suchen. Denn oft profitierten ja auch die Eltern der Braut durch Zuwendungen oder sozialen Aufstieg. Immer wieder ist in der kritischen Literatur des 18. Jahrhunderts vom »Schacher« die Rede, der am Werke sei, wenn so ein »halbes Kind« mit kaum erwachten Sinnen und Herzensregungen in die Ehe mit einem alten Fuchs gedrängt wurde. Das Bedürfnis der Eltern, die Töchter versorgt zu sehen, also sie möglichst früh an einen betuchten Bewerber weiterzureichen, wurde gesellschaftlich sehr viel stärker anerkannt und unterstützt als das Bedürfnis der Mädchen, einen Bräutigam ihrer Wahl zu finden. Zugleich wölbte sich über die unseligen Auspizien der Konventionsehe ein wahrer Himmel von meist uneinlösbaren Glücksvorstellungen. Die Brauteltern sprachen von Liebe, die sich schon einstellen werde, von den Freuden des guten Lebens an der Seite eines angesehenen und wohlhabenden Gatten, und der Pfarrer stieß in dasselbe Horn; er sprach vom Segen Gottes, der auf dem Sakrament der Ehe ruhe, von der löblichen Tugend des Mädchens, das jungfräulich in die Ehe gehe, er jubelte das fragwürdige Arrangement zu einer wahren Verheißung hoch. So also sahen sie aus, die Umstände, unter denen ein junges Mädchen aus Bürgertum und Adel in seine Zukunft blickte. Da gab es viele Unwägbarkeiten. Unüberhörbar aber war vor allem die Aufforderung, eigene erotische Wünsche zurückzustellen, die Stimme des Herzens zum Schweigen zu bringen und sich zuvörderst in Gehorsam zu üben. Gegenbeispiele, also Paare, die sich kannten und mochten und dann auch heirateten, gab es – sie fanden sich eher in Schichten, für die eine Rücksicht aufs Vermögen keine Rolle spielte, entweder weil beide in etwa gleichgestellt waren oder weil beide nichts besaßen. Für solche armen Schlucker indes gab es andere Hindernisse, etwa Heiratsverbote vonseiten der Grundherren oder Meister. Eine Ehe schließen sollte nur, wer eine Familie auch ernähren konnte. Mit einem Wort: heiraten war zu jenen Zeiten eine prekäre Angelegenheit.

Das erfuhr Fräulein Hoche, als die Eltern ihr erklärten, der richtige Ehemann sei nun gefunden. Er hieß Samuel Aston, war als Ingenieur aus England angeworben worden und führte bereits in Magdeburg eine Firma für Dampfmaschinenbau. Er war 23 Jahre älter als Louise. Von drei Frauen hatte der Unternehmer vier nichteheliche Kinder, die er durch Adoption anerkannt hatte. Mit der jungen, als sehr reizvoll geschilderten Hoche-Tochter wollte er nun eine legitime Familie gründen.

Louise war entsetzt, als sie von diesem Plan erfuhr. Nimmermehr wollte sie, deren Gedankenwelt und

Habitus der romantischen Poesie gehörten, sich an einen Grobian aus der Welt der Industrie wegwerfen, der glaubte, alles mit Geld regeln zu können. Sie erstarrte vor Kummer und Widerwille. Der Kummer galt den Eltern, die sie liebte und nicht kränken wollte, der Widerwille dem für sie bestimmten Ehemann, den sie einfach nur fürchterlich fand. »In früher Jugend«, so berichtet sie später, »wurde ich mit einem Mann, der meinem Herzen fremd, verheiratet, ehe die Ahnung der Liebe in mir lebendig geworden. Ich lernte ihn kennen, den gewaltigen Gegensatz zwischen Liebe und Ehe, Neigung und Pflicht, Herz und Gewissen.«

In ihrem ersten Roman *Aus dem Leben einer Frau,* der 1847 erschien, erzählt sie die Geschichte von Johanna Oburn, die in eine Konventionsehe mit einem viel älteren Industriekapitän gedrängt wird und sich heftig widersetzt. Erst als Johannas Vater vom Schlag getroffen wird, ohne allerdings daran zu sterben, gibt die Tochter nach und reicht dem ungeliebten Herrn Oburn die Hand. Da die Parallelen zwischen Johannas und Louises eigenem Schicksal kaum übersehbar sind, hat die Nachwelt geschlossen, dass auch Louise aus Rücksicht auf den unnachgiebigen und gesundheitlich angeschlagenen Vater ihren Widerstand aufgegeben und Mr. Aston schließlich geheiratet hat. Immerhin starb ihr Vater ein Jahr nach der Hochzeit. Aber wie es sich damals im Einzelnen abgespielt hat, als die aufmüpfige Tochter, die sich später zu einer Revoluzzerin entwickeln wird, dem väterlichen Befehl folgte, das wissen wir nicht. Wir wissen nur dies: Es war ein Bruch. Alles, was zuvor in ihrem Leben wichtig gewesen war, die Literatur, die Philosophie, das Nachdenken über Gott und die Welt und mit Sicherheit auch erotische Wünsche, sollte jetzt keine Rolle mehr spielen. Samuel Aston war ein Unternehmer von der zupackenden Sorte, die Welt des Geistes interessierte ihn kaum. Er wollte seine süße kleine Frau verwöhnen, Nachwuchs mit ihr zeugen und die Kinderschar, die er bereits besaß, unter ihren Fittichen sehen. Stumm vor Schreck stand die Braut vor diesen Zumutungen. Am 4. Mai 1835 schloss sie mit Samuel Aston die Ehe. Sie war 20 Jahre alt. »Verzweiflung sprach den Hochzeitssegen, sprach ihren Fluch am Traualtar«, so dichtete sie in der Rückschau.

Dass diese Ehe scheiterte, ist nicht verwunderlich, vor allem, wenn man Louises Charakter, ihr Verlangen nach lebenspraktischer und erotischer Selbstbestimmung und ihre Hartnäckigkeit in Betracht zieht. Von ihr persönlich gibt es keine Berichte aus dieser Zeit. Ein Weggefährte, ihr späterer Freund und Liebhaber, der Dichter Rudolf Gottschall, erwähnt in seinen Memoiren, dass Louise zur Koketterie, Samuel aber zur Eifersucht neigte. Er schildert verrückte Eskapaden Louises, die auf Häuslichkeit pfiff, gern allein umherritt und alle möglichen jungen Leute zu sich einlud. Samuel habe darauf mit Verständnislosigkeit und Wut reagiert. Nimmt man das Bild des Herrn Oburn hinzu, dessen Ähnlichkeit mit Aston beabsichtigt gewesen sein muss, so darf man wohl sagen, dass Louises Mann ein herrschsüchtiger Knochen war, der seine eigenwillige, temperamentvolle Frau nicht zu nehmen wusste. Das Scheidungsverlangen soll von ihm ausgegangen sein. Louise ist hochschwanger, als ihre Ehe im November 1838 gelöst wird. Die Tochter wird nur drei Jahre alt. Und Samuel und Louise, vereint im Kummer um das tote Kind, heiraten auf Vermittlung eines wackeren Geistlichen ein zweites Mal. Zu jener Zeit ist Louise erneut schwanger, und diese Tochter, Jenny, wird aufwachsen. Das Zusammenleben des Ehepaares jedoch erweist sich als unmöglich. Louise bringt noch ein drittes Töchterchen zur Welt, das wie das erstgeborene und wie so viele Kinder damals bald wieder stirbt. 1844 kommt es zur zweiten und endgültigen Scheidung der Eheleute Aston.

Wer die Entschlossenheit aufbrachte, den Schlussstrich zu ziehen, ist unklar. Aber nach allem, was uns Louise Aston in ihren Werken von ihren Überzeugungen und Sehnsüchten mitteilt, dürfen wir annehmen, dass ihr Freiheitsverlangen eine große Rolle bei diesem Schritt gespielt hat. Sie weinte der sicheren Stellung als Ehefrau eines angesehenen Fabrikanten keine Träne nach, sie hat im Gegenteil den »Schacher«, den Tausch von Körper und Lebensperspektive gegen Versorgung, immer angeprangert. »Ich lasse mich nicht verhandeln gegen schnödes Gold«, ruft in *Aus dem Leben einer Frau* die Heldin Johanna aus, bevor sie angesichts des Schlages, der den Vater auf ihre Weigerung hin getroffen hat, dann doch in die Heirat einwilligt.

Man ist heute geneigt, einem Paar zu gratulieren, das die Unvereinbarkeit seiner Lebensziele und Charaktere erkennt und auseinandergeht. Zu Astons Zeiten war eine Scheidung dank des napoleonischen

Code civil in Preußen rechtlich möglich, aber stets eine langwierige Angelegenheit, äußerst unerwünscht und immer von Nachteil für den Status und den Ruf der Frau. So freudig, wie sich Louise nach Rückerlangung ihrer Freiheit in das intellektuelle Leben Berlins stürzt, die enorme Produktivität, die sie in den Folgejahren 1846–1850 entwickelt – eine Periode, in der alle ihre Werke entstanden –, da bleibt nur ein Schluss übrig: Sie hat die Scheidung unbedingt selbst gewollt, befördert und nie bereut, trotz des gesellschaftlichen Abstiegs, den sie dafür in Kauf nehmen musste. Blieb ihr doch nur eine geringfügige Unterstützung vonseiten ihres Exmannes, die für sie und die Tochter Jenny reichen musste. Aber Louise, inzwischen dreißig Jahre alt, war guten Mutes. Sie wollte Dichterin und Romanautorin werden, und sie gedachte, von dieser ihrer schriftstellerischen Arbeit zu leben.

Im August 1845 kommt Louise Aston mit ihrer vierjährigen Tochter in Berlin an. Nach dieser Stadt hat sie sich lange gesehnt, denn hier herrscht trotz Zensur und strengen preußischen Ordnungsprinzipien ein geistiges Klima der politischen Debatte und der immerwährenden kritischen Auseinandersetzung. Die heute unter dem Etikett ›Vormärz‹ zusammengefassten intellektuellen Strömungen schließen den junghegelianischen Kreis der ›Freien‹ ein, die sich in der Hippel'schen Weinstube treffen und zu denen die Brüder Edgar und Bruno Bauer sowie Max Stirner gehören. Im Rütli trifft sich die dichterische Boheme um Rudolf Gottschall und Gustav von Szczepansky, und im Umkreis der Universität finden sich politisierte Studenten zum Umtrunk und zur Verschwörung zusammen. Auch die ›Lichtfreunde‹, eine protestantische Reformbewegung, verdienen Aufmerksamkeit; was sie an Kirchenkritik aufzubieten hatten, faszinierte die skeptischen Geister. Worum es sonst noch ging? Um alles. Die europäische Ordnung, die nach Napoleons Sturz seitens des erzkonservativen österreichischen Fürsten Metternich durchgesetzt worden war, spiegelte in jeder Einzelheit die Furcht des Adels und des Besitzbürgertums vor der französischen Revolution und der Gefahr ihres Wiederauflebens. 1830 war das Feuer des Umsturzes in Frankreich noch einmal entbrannt. Die Linksintellektuellen in der preußischen Hauptstadt hatten aufgeregt nach Paris geblickt und entdeckt, dass sie sich und der Welt eine Menge zu sagen hatten. Sie taten das streitend, philosophierend und durch Aktionen herausfordernd. Da wollte Louise dabei sein. Es ging, wie sie bald erfuhr, um die deutsche Einheit, um die Republik, die Volkssouveränität und allgemeine Freiheitsrechte. Weg mit der Zensur, her mit der Pressefreiheit. Weg mit der polizeilichen Schnüffelei, her mit der Meinungsfreiheit. Weg mit den Privilegien des Klerus und des Adels, her mit sozialer Gerechtigkeit für die besitzlosen Klassen. Und, so fügte Louise Aston hinzu: Weg mit der Unterdrückung der Frauen durch patriarchalische Ehegesetze, her mit der freien Liebeswahl für beide Geschlechter.

Es gab da nun noch eine Instanz, mit der Louise Aston eine Rechnung offen hatte: die Kirche. Die Pfarrerstochter sah sich in höchster Not von eben jener Macht im Stich gelassen, die sie gelehrt hatte, was ein Gewissen ist. Als es zu jenem Bruch in ihrem Leben kam, zur Eheschließung, in der alles missachtet wurde, woran sie bisher geglaubt und worin sie sich in kindlicher Frömmigkeit während des Gottesdienstes bestätigt gefühlt hatte – der Vorrang innerer Werte vor äußerem Glanz, das Vertrauen auf die Stimme des Herzens anstatt auf den materiellen Vorteil und der Glaube an einen gütigen Gott, der Liebe und Glück vereint sehen will –, als es zu jenem fatalen Bruch gekommen war, hatte Louise mit ihrem Kinderglauben ihren Glauben überhaupt verloren und die Leere in ihrem Herzen erst einmal mit Lektüre gefüllt. Ludwig Feuerbachs Religionskritik, seine Ablehnung der Idee eines personalen Gottes, überzeugte sie. Die Lehren des Henri de Saint-Simon und anderer französischer Sozialisten, denen zufolge für gerechte Verteilung der Güter zu kämpfen sei, begeisterten sie. Hatte sie doch selbst gesehen, wie erbärmlich die Arbeiter ihr Leben fristeten und wie hart sie in der Fabrik ihres Exgatten dafür schuften mussten. Zudem gehörten die Sozialisten zu den wenigen Theoretikern, die auch an die Frauen dachten, wenn sie gegen Unterdrückung und Ungerechtigkeit polemisierten. Bei den Saint-Simonisten ging es sogar um die freie Liebe! Gedanklich und programmatisch fühlte sich Louise zu diesen Denkern hingezogen. Und derart mit Wünschen und Vorstellungen, Argumenten und Theorien ausgestattet, glaubte sie sich den Debatten der von Männern dominierten Clubs in Berlin gewachsen.

Ihre persönliche Revolution begann. Louise Aston ahmte die verehrte französische Kollegin George Sand nach und passte sich erst einmal äußerlich den Männern an. Sie trug Hosen und eine Kurzhaarfrisur, rauchte so manches herbe Kraut und legte großen Wert darauf, im Rütli mit ihrem ›Kneipnamen‹ Louis angeredet zu werden. Das heißt, sie spielte den Mann. Aber nicht, um ihr Frau-Sein zu verleugnen, sondern um zu demonstrieren, dass ihr als weiblichem Wesen dieselben Freiheiten zukämen wie einem Kerl. In ihren Romanen begegnen wir einer Dame namens Alice von Rosen, die durch diese Art äußerlichen Geschlechterwechsels eine doppelte Existenz führt, im zweiten Roman *Lydia* duellieren sich sogar zwei Frauen. Dieses Spiel mit den durch Kleidung und Auftreten vorgegebenen Geschlechterstereotypen war damals völlig ungehörig und deshalb selten. Louise Aston scheint es großen Spaß gemacht zu haben, als Jüngling zu posieren. Denn obwohl sie es sich durch diese Provokationen mit Frauenrechtlerinnen wie Louise Otto-Peters verdarb, die ja ihre Mitstreiterinnen auf dem Felde der Emanzipation waren, hielt sie daran fest. Im Rütli aber drang sie trotz ihres Kneipnamens letztlich nicht durch, sah sich durch die Mannsleut an den Rand gedrängt und wechselte zum Kreis der ›Freien‹ in die Hippel'sche Weinstube, wo auch Frauen verkehrten. Hier fühlte sie sich angenommen. »Was wollen denn nun die Freien? Die Antwort ist einfach. Sie wollen frei sein, frei von allem Glauben, aller Überlieferung und Autorität, weil diese unmenschlich sind.« So hieß es in einem Max Stirner zugeschriebenen Manuskript.

Louise hatte in dem ›Freien‹ Rudolf Gottschall einen engen Freund und Liebhaber gefunden; der widmete ihr zwei erotische Gedichte, *Madonna* und *Magdalena,* in denen die Lust gefeiert und die Entsagung verurteilt wird. »Die freie Liebe kann allein / Die Welt erlösen und befreien«. Mit freier Liebe war vor allem Sex gemeint, ob innerhalb oder außerhalb der Ehe, eigentlich eher außerhalb. Gottschalls Verse waren unzweideutig: »War's Ketzerei, dies glühende Verlangen / Den süßen Leib in Liebe zu umfangen?« Diese Lyrik atmete eine Ahnung von sinnlichem Glück, das nicht nur die Kirche, sondern auch der auf Ordnung bedachte Staat keineswegs gutheißen konnten. Die preußische Polizei schlief auch nicht. Sie hörte solche Bekundungen gar nicht gern und schritt immer mal wieder gegen ihre Urheber ein. Aber was geschah diesmal? Verhaftete man Gottschall? Nein, die Frau, die mit ihm das illegitime Glück geteilt hatte, die galt es zu bestrafen. Ein paar neidische Nachbarn oder Nachbarinnen hatten an die Ordnungshüter, eine sogar an den König geschrieben: dass da ein Weib umherlaufe, dass offenkundig keinen Glauben habe, einfach so mit Männern ins Bett gehe und auf der Straße rauche, ferner die Emanzipation der Frauen betreibe. Derlei könne man nicht hinnehmen. Das Polizeipräsidium sah das genauso. Louise Aston, die sich grade erst in Berlin eingelebt hatte und ihrer ersten Publikation, der Gedichtsammlung *Wilde Rosen* entgegensah, wurde mit Order vom 19. März 1846 aus Berlin ausgewiesen.

Sie tat daraufhin einen Schritt, den man von einer Frau damals nicht erwartete: Sie wehrte sich öffentlich.

Ihre Kampfschrift *Meine Emanzipation, Verweisung und Rechtfertigung*, historisch gesehen ihr bedeutendstes Werk, erschien noch im selben Jahr in Brüssel. Hier konnte der interessierte Zeitgenosse nachlesen, worum es sich bei dieser Ausweisung handelte: um Rufmord und Willkür. Hatte sie nicht lediglich das getan, was große Philosophen, von Fichte bis Feuerbach, ebenfalls getan hatten, nämlich die Existenz eines personalen Gottes in Frage stellen? Hatte sie durch das Umhergehen in Hosen und das Rauchen von Zigarren irgendjemand – außer sich selbst – geschädigt? Was die freie Liebe betraf: Gegen welches Gesetz verstieß sie damit? Sie war geschieden und frei, konnte sie nicht umarmen, wen sie wollte? Und die Emanzipation der Frauen, dass sie die betrieb, müsse man ihr erst einmal nachweisen. Frau Aston hatte ja keinerlei öffentliche Aufrufe unternommen, es ihr gleich zu tun – es gab keine Belege, dass sie zum Aufruhr blies. »Die Polizei hat sich übrigens gar nicht die Mühe gegeben, dergleichen Handlungen anzuführen oder zu beweisen, sondern in freier Genialität die Anklage einer beabsichtigten Emanzipation improvisiert.« Der Zeitgenosse Karl August Varnhagen von Ense hat, wie es Germaine Goetzinger in ihrer Studie *Für die Selbstverwirklichung der Frau. Louise Aston* festhält, folgendermaßen Protest erhoben: »Unaufhörlich kommen Druckschriften heraus, in denen willkürliches und geradezu ungesetzliches Verfahren der Behörden nachgewiesen wird, man hört von keiner Bestrafung der Gesetzwidrigkeiten. Empörend ist Schöffels (aufrührerischer Student) Prozess, schändlich das Verfahren gegen Rupp (freireligiöser Prediger), elend die Verweisung der Louise Aston.«

Samuel Aston ergreift die Gelegenheit und strengt gegen seine Geschiedene ein Sorgerechtsverfahren an, das er schließlich gewinnt. Louise muss Tochter Jenny hergeben. Was diese Trennung für sie und die Kleine bedeutet hat, darüber gibt es keine Mitteilungen. Louise hat weder Tagebuch geführt noch haben alle Adressaten ihre Briefe gesammelt. Aber es ist wohl erlaubt zu mutmaßen, dass der Preis, den Louise jetzt im Nachhinein für ihre Freiheit zahlen musste, hoch war. Auch für das Kind.

Zuerst lässt sich die Schriftstellerin in der Nähe von Köpenick nieder. Der Weg nach Berlin ist nicht weit, und Frau Aston hat gelernt, sich zu verkleiden und zu verstecken. Sie verfasst ihren ersten Roman *Aus dem Leben einer Frau,* in dem sie ihre Ehe-Erfahrungen verarbeitet. Die Polizei scheint über Ländergrenzen hinweg damals schon gut vernetzt gewesen zu sein. Denn als Aston sich nach Hamburg wendet, wo ihr Roman bei Hoffmann und Campe erscheinen soll, wird sie auch hier stracks wieder ausgewiesen. »So wurde mir von der Polizei eine Wichtigkeit beigelegt, die ich selbst mir beizulegen nie gewagt hätte. Denn wie kühn müssten die Träume einer Frau sein, welche sich für eine staatsgefährliche Person hielte.«

In ihrem dritten und letzten Roman *Revolution und Konterrevolution* stellt Aston nun genau so eine tendenziell »staatsgefährliche« weibliche Person in den Mittelpunkt: Alice von Rosen ist klug, kühn, begabt für Intrige und Subversion, gern in Männerkleidern unterwegs und als Liebhaberin ebenso wählerisch wie selbstbestimmt. Sie ist ganz und gar fiktiv, man geht aber wohl nicht fehl, wenn man ein idealisiertes Selbstporträt der Autorin in der schönen und draufgängerischen Alice erblickt. Die Baronin von Rosen tritt auch schon in Astons zweitem Roman *Lydia,* der 1848 erscheint, als Kontrastfigur zu der passiven Titelheldin auf und steht auch hier für das unbedingte Freiheitsverlangen einer kämpferischen Frau, die sich keiner Konvention mehr beugt. In dem Revolutionsroman, der das Jahr 1848, die Aufstandspläne in Wien, die Barrikadenkämpfe in Berlin und die Freikorpskämpfe um Schleswig zum Inhalt hat, zieht Alice nicht nur die Fäden, sondern kämpft aktiv auf der Straße mit. Man hat daraus, auch weil die Autorin den Barrikaden- und Häuserkampf faktengetreu schildert, den Schluss gezogen, dass Aston selbst in Berlin bei der Märzrevolution dabei war. Da die Verfolgte keine Memoiren hinterlassen hat und dafür sorgen musste, von der Polizei nicht erwischt zu werden, mithin möglichst unauffindbar zu sein, verschwindet ihre Spur immer wieder. Inzwischen hat sie viele Freunde, die ihr helfen und ihr die nötigen Informationen für ihren dritten Roman liefern können. Eine gute Quelle wird ihr Gefährte Wilhelm Held, ein Revoluzzer und Volksredner, gewesen sein. Kurz: Wir wissen nicht, wo Aston im März 1848 gewesen ist. Berlin liegt nahe, weil sie viel über den Aufstand und seine Niederschlagung wusste, aber gesichert ist das nicht. Was wir wissen, ist, dass *Lydia,* die bedrückende Geschichte einer nicht vollzogenen

Ehe, in diesem Jahr im freisinnigen Magdeburg erscheint. Und dass sich Aston im April dem Freikorps von der Tann anschließt – seine Kämpfer rekrutieren sich wesentlich aus Hamburg, Kiel und Magdeburg –, um als Krankenschwester für die Einheit Schleswig-Holsteins auf der Seite Preußens gegen die Dänen in den Kampf zu ziehen.

Der Krieg Preußens sowie deutscher Bundestruppen gegen Dänemark endete vorerst mit dem Kompromiss von Malmö, und alle Freiheitsfreunde, die gehofft hatten, dass die deutsche Einheit im Norden sozusagen vorweg genommen werden könne, wurden tief enttäuscht. Der königstreue Preußen-General Wrangel löste die Freikorps auf und zog seine Truppen ab; Astons militärisches Abenteuer war gleich wieder zu Ende. Sie hatte sich tapfer an die Front vorgewagt, eine Verwundung davongetragen und allenthalben Aufsehen erregt. Ein Freiwilliger schrieb:

»Als wir aus dem Gefechte in Altenhof ankamen, sah ich durch das offene Bogentor ein Bild, welches mir unvergesslich sein wird. Auf dem Hofe unter den Verwundeten mit wallenden Locken hierhin und dorthin geschäftig, zwischen den Gruppen der Unsrigen einhergehend, die Verwundeten verbindend und ihnen Erquickungen reichend, Lady Aston. Das purpurne Kleid, der blaue Überwurf von der Sonne grell beschienen, erhöhte zwischen den größtenteils dunklen Kostümen die poetische Erscheinung eines Weibes, das als hilfreicher Engel den zahlreichen Verwundeten erschienen war. Mit den Ansichten der Lady über die Emanzipation des Weibes konnte ich mich nicht einverstanden erklären, ebenso wenig mit ihren Ansichten von Atheismus. Das Corps schwärmte für sie und mit Recht. Es gehört für eine Dame ein großer Entschluss dazu, sich freiwillig den Gefahren eines Krieges auszusetzen.«

Ihre eigene Wunde an der Hand heilt bald; wir begegnen Louise im späteren Verlauf des Jahres 1848 in Berlin, wo sie Kontakte zu Demokraten herstellt und gegen Jahresende erneut ausgewiesen wird. Kurz zuvor hat sie eine Zeitschrift gegründet: *Der Freischärler. Für Kunst und soziales Leben.* Sie selbst und zwei Mitarbeiter bestreiten sieben Hefte, dann wird das interessante Blatt wieder eingestellt. Louise bleibt nach der neuerlichen Ausweisung nichts übrig als zu reisen. Das folgende Jahr, in dem die Revolution endgültig erstickt wird, sieht den Flüchtling Aston in München, Görlitz, Breslau, Züllichau, Minden, Zürich und Bremen. In dieser vergleichsweise liberalen Stadt kann sie bleiben und ihren Roman *Revolution und Konterrevolution* verfassen. Er kommt noch im selben Jahr in Mannheim heraus, einem Mittelpunkt der revolutionären Bewegungen.

Astons Zeitgenossen haben ihre vielen Flirts und Liebschaften teils entsetzt, teils amüsiert, manchmal auch durchaus respektvoll zur Kenntnis genommen. Die Sache mit der freien Liebe war nicht nur ein kecker Wahlspruch, sie meinte es ernst. Das stieß nun gerade diejenigen ab, auf deren Solidarität Aston eigentlich angewiesen war: fortschrittliche Frauen. Mitstreiterin Mathilde Franziska Anneke, in deren Lebenslauf viele Ähnlichkeiten mit dem Astons zu finden sind, ahnte, dass Louises Motto »in seiner nackten Auffassung von harmlosen Denkern nimmer vergeben werden wird«. Allerlei Histörchen kursierten, in denen Aston als Verführerin und promiskes Luder schlecht wegkommt. Wie üblich war wahrscheinlich ordentlich was hinzugedichtet worden. Was wir aber sicher wissen, ist, dass Louise während des Schleswig-Holstein-Feldzuges ihren zweiten Mann kennengelernt hat, einen Arzt namens Daniel Eduard Meier. Der Doktor stammte aus Bremen, er hatte während des Feldzuges ein Bein verloren. In Bremen ist gerade unter Meiers Mitarbeit eine neue Klink errichtet worden, für deren Leitung er vorgesehen ist. Als bekannt wird, dass er mit der berüchtigten Madam Aston verlobt ist, sprechen Herren vom Senat bei ihm vor: Er solle sich die Sache mit dieser Eheschließung doch bitte noch mal überlegen. Die Dame Aston könnte zu einer Belastung für ihn werden. Doch für Meier gibt es nichts zu überlegen. Am 25. November 1850 heiratet er Louise. Im selben Jahr erscheint das letzte Werk der Dichterin: der Lyrikband *Freischärler-Reminiszenzen.*

Was hat Louise, diese entschiedene Ehegegnerin, dazu bewogen, den sogenannten Bund fürs Leben noch einmal zu schließen? Dafür gibt es wohl nur diesen einen Grund: Liebe. Vielleicht war Aston die Zeremonie, der kirchliche Segen und der Ringwechsel egal, solange nur die Gefühle echt waren. Vielleicht erhoffte sie sich auch in der schwierigen Lage einer überall Ausgewiesenen Stärkung und Sicherheit durch die Heirat mit einem angesehenen Bremer Bürger. Und dann war ja Meier ein Gesinnungsgenosse. Mit ihm gemeinsam nimmt sie Kontakt zu Demokraten im In- und Ausland auf. Er hilft ihr bei erneuter Camouflage und sorgt dafür, dass sie mit dem Pass seiner Schwester nach Berlin reisen kann. Aber anstatt dass Meier ihren Ruf retten kann, verläuft es umgekehrt. Sie zerstört, unwillentlich, den seinen. Louise Aston-Meier ist jetzt, nach der gescheiterten März-Revolution, deren Sieg sie herbeigesehnt hatte, jetzt, wo die Zensur wieder verschärft und die persönlichen Freiheiten, die zögernd von den Majestäten in Berlin und Wien unter dem Druck des Volksaufstandes gewährt worden waren, sämtlich zurückgenommen werden, Louise Meier ist jetzt erst recht *persona non grata*. In Leipzig, wo ihre *Freischärler-Reminiszenzen* verlegt werden sollen, wird sie verhaftet und festgehalten. Dass ihr Mann ihr den Pass seiner Schwester überlassen hat, kommt raus; Meier wird zu einer Geldstrafe verurteilt. Und der Bremer Senat macht seine Drohung wahr. 1855 verliert Dr. Meier seine Stellung an der Klinik. Er macht es genauso wie einst seine Frau, er wehrt sich in einer öffentlichen Verteidigungsschrift: »Da die Behörden es nicht gescheut haben, meine Ehe als Grund der Aufkündigung meiner amtlichen Stellung zu bezeichnen, so rechtfertigt dies meinerseits eine nähere Beleuchtung der seit Jahren erfahrenen Kränkungen und ihrer Urheber.« Die Veröffentlichung seiner Kritik am Vorgehen des Senats und an seiner Vertreibung aus dem Amt ändert nichts an dem *fait accompli*. Das Ehepaar Meier-Aston steht praktisch vor dem Nichts.

Die beiden denken ans Auswandern. Viele Parteigänger der Revolution haben ab dem Sommer 1848 keine andere Perspektive mehr gesehen. Der Demokrat Fritz Anneke und seine Frau Mathilde Franziska, mit denen Aston in Kontakt stand, machen tatsächlich rüber nach Amerika. Für Meier eröffnet sich dann aber eine andere Chance. Der Kaiserlich-Russische Militärbeauftragte Graf Benckendorff lässt anfragen, ob Meier ein Lazarett auf der Krim leiten könne. Der nach dieser Halbinsel benannte Krieg, in dem Russland versuchte, dem schwächelnden Osmanischen Reich Territorien zu entreißen, woraufhin England den Türken zur Hilfe eilte, forderte einen ungewöhnlich hohen Blutzoll. Die Lazarette waren schlecht ausgerüstet, Verwundete hatten kaum Überlebenschancen, medizinische Kapazitäten wurden dringend gebraucht. Meier nimmt das Angebot an. Luise und er begaben sich auf die weite Reise. Aber der Krieg ist bald zu Ende; man bietet Meier ersatzweise eine Oberarztstellung in Charkow an. Die Reise geht weiter über Orte wie Sfantu Georghe, Kronstadt in Siebenbürgen, Borszek und St. Miklos und schließlich Wien. Die 1860er Jahre verbringen der Doktor und seine Frau in Österreich, bis sie im Jahre 1871 nach Bad Liebenzell im Schwarzwald wechseln. Meier wirkt dort als Badearzt. Danach geht es nach Wangen im Allgäu. Louises körperliche Konstitution hält diesem Wanderleben nicht stand. Sie hat einmal in Berlin wegen ›Blutspuckens‹ einen Termin bei der Polizei versäumt. Jetzt heißt die Diagnose ›Brustwassersucht‹. Wahrscheinlich litt sie an Tuberkulose. Sie stirbt am 21. Dezember 1871 in Wangen.

Louise Aston hat nach ihren *Freischärler-Reminiszenzen* nichts mehr veröffentlicht. Auch weitere politische Aktivitäten von ihr sind nicht überliefert. Möglicherweise waren die vielen Reisen, die Notwendigkeit, sich immer wieder neu zu orientieren, ferner die Hilfsdienste, die sie ihrem behinderten Mann zu leisten hatte, der ja an den meisten der Stationen, die das Paar durchlief, als Medikus arbeitete, zu viel für ihre schwindenden Kräfte. Vielleicht aber saß auch die Enttäuschung über die fehlgeschlagene Revolution zu tief, als dass Louise sich noch zu größeren schriftstellerischen oder politischen Aktivitäten hätte aufraffen können. Hoffen darf die teilnahmsvolle Leserin ihrer Werke und der biografischen Notizen, die überliefert sind, dass Louises privates Glück, um dessentwillen sie einst den Bruch in ihrem jungen Leben durch Flucht aus der Konvenienzehe zu heilen suchte, sich an der Seite von Daniel Eduard Meier erfüllt hat. Immerhin hat Meier um ihretwillen Status und Stellung in Bremen aufgegeben, und er ließ sich auf seinem Grabstein mit Doppelnamen Meier-Aston verewigen. Das spricht für eine tiefe Verbundenheit. Und so eine Liebe, in der einer für die andere einsteht, in der Vieles geteilt werden kann, auch die politischen Überzeugungen, das war es, was Louise Aston sich für ihr Leben gewünscht hat und was sie als Ausgangspunkt nicht nur für das gelungene individuelle Leben, sondern ebenso für die Entwicklung und die Emanzipation aller Menschen betrachtete. Auch Männer, so dachte sie, verfehlen ihren Lebenszweck, wenn sie in der Ehe nichts anderes sehen als die Chance, Nachkommen zu zeugen und ihr Frauchen daheim von der Welt abzuschirmen. Am übelsten aber, fand sie, seien die Frauen dran. Die wurden von ihren Ehemännern als Teil ihres Besitzes betrachtet und behandelt – sie verloren mit der allseits erwarteten und für richtig befundenen Unterordnung und Selbstaufgabe nicht nur ihre Freiheit im Sinne von Selbstbestimmung, sondern auch ihre Würde. Louise Aston hat gegen dieses Frauenlos angeschrieben, und sie hat es durch ihren Lebenswandel ausgeschlagen und beklagt, und zwar immer so öffentlich wie möglich, damit ihr Beispiel anderen Frauen zur Orientierung dienen könne. Sie war darin zu ihrer Zeit nicht sehr erfolgreich. Die preußische Polizei und die spießige Anpassungsbereitschaft auch kritischer Frauen, zu schweigen von der Abwehr der meisten Männer, waren stärker als sie. Es war ihre Radikalität, für die die Welt noch nicht reif war.

Heute scheint sie den Protestformen und Selbstverwirklichungsideen junger Frauen weit näher als ihre Gegnerinnen damals: die Protagonistinnen der bürgerlichen Frauenbewegung mit ihren Zeitschriften und Kongressen, die bei ihrem Programm fürs Wahlrecht, für weibliche Bildung und Berufstätigkeit doch stets darauf achteten, dass die guten Sitten nicht verletzt würden, und folgsam das weibliche Entwicklungspotenzial und auch die Verpflichtung, die in der Mutterschaft lägen, betonten. Die größte Herausforderung, die Aston ihrer Epoche hinwarf, war ihre Abkehr von der Religion. Zu Recht empörte sie sich darüber, dass dieser Gesichtspunkt als Begründung für ihre Ausweisungen an erster Stelle stand. Sie hatte genau erkannt, dass die Frömmelei nichts anderes als ein Herrschaftsinstrument war, um Frauen den Mund zu stopfen. Was sollte denn ein Mädchen, das vielleicht in den Nachbarsjungen verknallt war und nun einen betuchten alten Knacker heiraten musste, noch sagen, wenn sogar der Pfarrer schwor, dass Gott es so wolle? Gott und die Natur – verstanden als weibliche Bestimmung zum Dienst am Mann –, diese beiden Instanzen wurden stets bemüht, wenn es darum ging, Frauen in ihren alten Rollen festzuhalten, sie am Selbstdenken und am In-die-Welt-Hinausgehen zu hindern. Schmerzliche Erfahrungen und nimmermüdes Nachdenken brachten Louise dazu, beide Instanzen als Leitgestirne für ihr Leben abzulehnen. Das hat sie durchgehalten, darüber hat sie geschrieben. Es heißt, es sei am Ende ihres Lebens, als sie nur noch mit ihrem Mann umging, der sie um zwei Jahre überlebte, sehr still um sie geworden. Zu ihrer Schwester Eulalia, verheiratete Merx, hat sie offenbar Kontakt gehalten, denn in deren Besitz fanden sich später unveröffentlichte Schriften von Louise, darunter ein Romanfragment mit dem Titel *Trop tard* (Zu spät). In der Öffentlichkeit aber war Aston zu Beginn der 1870er Jahre als Schriftstellerin und als militante ›Achtundvierzigerin‹ kein Begriff mehr. Vielleicht, hoffentlich, hat sie geahnt, dass es nicht der Geist ihrer Gegnerinnen und Verächter, sondern dass es ihr Geist sein würde, der überleben könne, um künftige Geschlechter zu inspirieren.

Auf Meiers Grabstafel steht zu lesen:

Der mitleidsvolle Tod gönnt Ruh und Rasten
dem mitleidlos gehetzten Einfuß Meier-Aston.

Und auf Louises Grabtafel heißt es:

Louise Aston-Meier
Nach Kampf Frieden

Die Schriftstellerin

»Fragmentarisch wie die moderne Welt«

Der Wunsch einer Frau, von der eigenen Arbeit als Schriftstellerin zu leben, war in den 1840er Jahren zugleich kühn und realistisch. Es gab, verglichen mit der Situation des frühen 20. Jahrhunderts, nur wenige Frauen, die ihre Existenz auf literarischer Tätigkeit gründeten, und es gab sie noch nicht lange. Aber jetzt wurden es immer mehr. Louise Dittmar betrat als streitbare Autorin die Bühne der Literatur. Sie gab die Zeitschrift *Soziale Reform* heraus; ihr Traktat *Vom Wesen der Ehe* erregte Aufsehen. Louise Otto (später Otto-Peters) begann mit Gedichten und wurde eine einflussreiche Publizistin, sie gründete die *Frauenzeitung,* ihr Wahlspruch hieß: »Dem Reich der Freiheit werb ich Bürgerinnen«. Mathilde Franziska Anneke verfasste die programmatische Streitschrift *Das Weib im Konflikt mit den sozialen Verhältnissen.* Schließlich wäre Fanny Lewald zu nennen, die in der Zeitschrift *Europa* debütierte und eine produktive und erfolgreiche Romanschriftstellerin wurde, deren 40er-Jahre-Werke *Clementine* und *Jenny* die Konventionsehe auf den Prüfstand schickten und mit den Mitteln der Unterhaltungsliteratur für Frauenrechte warben. Zu dieser kleinen, aber bedeutenden Riege schreibender Frauen wollte auch Louise Aston gehören. Und es gelang ihr.

Im sogenannten Vormärz hatte sich unter den Intellektuellen Deutschlands ein anschwellender Chor von kritischen, wütenden, erregten Stimmen erhoben, die unter dem Einfluss der Februarrevolution in Frankreich und aus Zorn über Repression und Zensur im eigenen Land die deutsche Einheit unter demokratischem Vorzeichen anstrebten. Natürlich gab es auch die Gegenstimmen, die am Absolutismus festhielten. Aufseiten der Opposition gegen die restaurativen Zustände führten Burschenschaftler, sogenannte Jungdeutsche, ›Freie‹ und Linkshegelianer die fälligen Debatten. Zu ihnen zählten, als Verbündete im Geiste, auf dem Felde der Literatur Ludwig Börne, Heinrich Heine, Ferdinand Freiligrath, Georg Herwegh, Karl Gutzkow und Heinrich Laube. Sie alle wollten nicht mehr nur schöne Verse schreiben, sondern politisch eingreifen – und das in einer Zeit, die strenge Zensurgesetze erließ und nicht nur einzelne Schriftsteller, sondern auch ganze Verbände, wie zum Beispiel die Burschenschaften, verfolgte und verbot. Aufseiten der Reaktion verteidigten Friedrich von Gentz, Wolfgang Menzel, Ernst Moritz Arndt, Annette von Droste-Hülshoff und August von Platen die Werte des Ancien Régime. Es war eine Zeit der Gründungen von Journalen, Verlagen und literarischen Clubs, es wurde gestritten und räsonniert, dass der Blätterwald nur so rauschte. Und in dieser erhitzten Atmosphäre schlüpften Frauen, die mitreden wollten, einfach so von der Seite auf die Podien und in die Redaktionsstuben mit hinein. Es gab derart viel zu bedenken und zu bereden, dass es etlichen der männlichen Kollegen wohl peinlich gewesen wäre, jetzt auf der dem Weibe zukommenden öffentlichen Zurückhaltung zu bestehen.

Als die 30-jährige Louise Aston im Sommer 1845 nach Berlin kommt, um sich dort unter den ›Freien‹ und den ›Lichtfreunden‹ nach Geistesgefährten umzusehen, hat sie wahrscheinlich schon ein paar Gedichte im Gepäck, die mit weiteren Versen ein Jahr darauf beim Berliner Verlag Moeser und Kühn unter dem Titel *Wilde Rosen* herauskommen sollten.

Sie verliebt sich in den Dichterkollegen Rudolf Gottschall und er sich in sie. Und während Gottschall seine *Liebesdithyramben* verfasst, in denen er das sinnliche Glück mit seiner Liebsten preist, entwirft Louise im Kopf ihren ersten Roman. Sie musste die vergangenen Jahre los werden, zu Literatur verarbeiten, musste der Welt erklären, dass es so nicht weitergehen könne. Dass man junge Mädchen nicht länger in Konventionsehen drücken dürfe, um sie neben einem alternden Lüstling, mit dem sie nichts verband, seelisch verhungern zu lassen. Und noch etwas musste sie sagen. Während ihrer Ehe mit Samuel Aston hatte sie Zeit und Gelegenheit gehabt, sich in dessen Maschinenfabrik umzusehen. Sie hatte erlebt, was für eine harte Disziplin in der Fabrik herrschte und wie doch zugleich die Arbeiter, die aus der Sicht der Geschäftsleitung nie genug lieferten, stets fürchten mussten, um ihren vollen Lohn geprellt zu werden. Ob durch den Einblick in die Lage der »labouring poor« in der Firma ihres Gatten ihr Gespür für Ungerechtigkeit und Ausbeutung geschärft und ihr so auch die eigene Situation als rechtlose Ehefrau stärker bewusst wurde oder ob es umgekehrt war, ob sie in den Arbeitern sozusagen sich selbst wiederfand, ist nicht zu entscheiden. Jedenfalls war sie eine der ersten, die diese Verbindung zwischen Frauen und Arbeiterklasse herstellte und in ihrem Romandebüt *Aus dem Leben einer Frau* diese doppelte Anklage erhob: Seht her, so ergeht es den entmündigten Frauen, wenn sie ein menschenwürdiges Leben führen wollen. Und: So ergeht es den Fabrikarbeitern, wenn sie denselben Wunsch haben. Der Roman erscheint 1847, im Jahr nach der Ausweisung Astons aus Berlin. Sie muss ihn zum Teil in Berlin, zum Teil in ihrem Quasi-Exil bei Köpenick geschrieben haben.

Das schmale Werk – 70 Seiten – zerfällt entlang der eben geschilderten zwei Anklagen. Im ersten Teil lernen wir Johanna kennen, eine 17-Jährige, die einen viel älteren Industriellen heiraten soll und sich heftig dagegen sträubt. »Mich schaudert, Vater, wenn ich an den Mann nur denke, dessen ganzes Wesen mir widerwärtig ist. Aus seinen Zügen spricht der Geist, der mir ewig fremd bleiben wird, der mir wie eine feindliche Macht gegenübertritt und mein Gefühl empört. Nie, nie könnte ich diesem Manne angehören!« Erst als der Vater schwer erkrankt, gibt Johanna nach. Die Hochzeit folgt bald. »Herr Oburn war ein Mann von fünfzig Jahren, klein und fett, mit einem würdevollen Hängebauch, einem vollen, aufgedunsenen, dunkelroten Gesicht mit einer unförmigen großen Nase. Die Stirne, gewiss von der Natur dazu bestimmt, in diesem Gesicht die beste Partie zu sein, war durch veilchenblaue Adern, die dick hervorquollen und sich kreuzten, wie Heereszüge auf strategischen Karten, unangenehm entstellt.« Man muss sich natürlich davor hüten, Astons Literatur eins zu eins auf ihre Lebensgeschichte zu projizieren, und so darf man hoffen, dass Samuel Aston nicht ganz so hässlich gewesen ist wie Herr Oburn. Er war ja auch noch nicht 50, als er Louise freite, und sie war 20 und nicht 17 wie Johanna. Die Nachwelt hat sich um mögliche Differenzen zwischen Roman und Leben allerdings kaum geschert, und so geistert die fiktive Johanna als echte Aston durch die Lexika mit den Kurzbiografien. Immer wieder heißt es da, Louise sei – wie Johanna – das einzige Kind eines Pfarrers gewesen und mit 17 in eine Ehe gezwungen worden. Bis die jüngere Frauenforschung hier einiges richtiggestellt hat.

Johanna Oburn erlebt in den nächsten Kapiteln des Romans allerhand Abenteuer im lieblichen Karlsbad, von denen man sich nicht wünscht, dass die reale Louise sie habe durchstehen müssen, was aus zwei Gründen auch unwahrscheinlich ist. Erstens riechen diese Abenteuer durchdringend nach den Erzählklischees der damaligen Trivialliteratur: Es geht um das aufflammende erotische Interesse eines Adelssprosses an der bürgerlichen Johanna, um eine Fast-Vergewaltigung sowie um Rettung in letzter Sekunde durch einen edlen Ritter. Und zweitens war die reale Louise Aston mit Kinderkriegen und -pflegen und dem Zu-Grabe-Tragen zweier ihrer drei Töchter, ferner mit Betreibung ihrer Scheidung beschäftigt, was wenig Muße zum ausgedehnten Besuch mondäner Bäder gelassen haben dürfte. Man spürt es deutlich: Der jungen Schriftstellerin war daran gelegen, dass sich ihr Buch verkaufe und deshalb beschränkte sie sich nicht darauf, das Institut der Konventionsehe zu geißeln, sondern sie bemühte sich redlich, den Lektüre-Erwartungen wenig kritischer Leserinnen gerecht zu werden. Fast-Vergewaltigungen waren sehr beliebt – die arme Unschuld und der skrupellose Wüstling, was für ein Stoff! In *Lydia* bietet Aston dieses Motiv ein weiteres Mal an.

Im zweiten Teil des Romans erleben wir Johanna daheim als Gattin des Fabrikherren Oburn. Am Schicksal der Arbeiter hat sie bislang kaum Anteil genommen. Als aber nun der Umsatz stockt und die Löhne geschmälert werden sollen, erbitten die Arbeiter eine Rücknahme der Kürzungen. Sie legen die Arbeit nieder, um zu verhandeln. »Zwölf Männer aus der arbeitenden Klasse, dem Greisenalter nah, sichtbar abgemagert, mit eingefallenen hohlen Augen, den Rücken krumm gezogen durch übermäßiges Arbeiten, die Hände voller Schwielen, um den elenden Leib einige Kleiderfetzen hängend, traten langsam, einer nach dem anderen, ein.« Der Buchhalter fragt barsch nach ihrem Begehren. »Wir sind hier, um mit unserem Herrn zu reden, weil wir nicht Hungers sterben wollen mit Weib und Kind. Das ist wahrhaftig Grund genug! Ihr Herren wisst nicht, wie weh der Hunger tut, wie es einem alten Vater fast das Herz bricht, wenn die Kinder, die ihm der Himmel geschenkt, vergeblich nach Brot rufen.« Heimlich versetzt Johanna, die jetzt vom Elend der Arbeiter ergriffen ist, ihren Schmuck, um die schlimmste Not zu wenden. Ihr Mann hält seine Lohnsklaven für Gesindel, das kein anständiges Entgeld verdient, und ist überzeugt, dass sie jede Demütigung hinnehmen, weil sie keinen Ausweg wissen. Ihm selbst aber geht's jetzt an den Kragen, eine Bankenkrise konfrontiert ihn mit der Gefahr des Ruins. Als jener Prinz, der schon in Karlsbad ein Auge auf Johanna geworfen hatte – er war es, der sie um ein Haar vergewaltigt hätte –, Oburn ein unmoralisches Angebot macht und ihm ein Vermögen bietet für eine Nacht mit Johanna, schlägt der Mann erleichtert ein und glaubt, es sei ein Kinderspiel, seine Frau vom Nutzen dieses Arrangements zu überzeugen. Aber da täuscht er sich. »Du willst mich verkaufen wie eine Sache, wie dein Eigentum verhandeln??! Fühlst du nicht die namenlose Beschimpfung und Entwürdigung, die dich trifft wie mich??!« Oburn meint, es sei nicht so schlimm, denn niemand werde etwas erfahren. Da zieht Johanna die Konsequenz: »Ich werde die heiligsten Rechte meines Herzens und Lebens wahren. Dies ist die Stelle, die uns auf ewig trennen muss«. Und sie geht. So endet das Buch.

Von der Resonanz auf diesen Erstling ist nicht viel bekannt. Mathilde Anneke hat Astons Werk in Zusammenhang mit ihrer Kritik an deren Ausweisungen rezensiert, wie überhaupt die schreibenden Frauen einander natürlich wahrnahmen und sich aufeinander bezogen.

Louise Aston kam in der Kritik der Kolleginnen öfter schlecht weg. Das lag allerdings weniger an ihrer Literatur als an ihrem Betragen und an ihrer Lebensweise. Freie Liebe, Ächtung der Ehe – das ging den bürgerlichen Frauenrechtlerinnen zu weit. Man muss sie verstehen. Sie wollten Politik im großen Stil machen, also auch Frauen abholen, deren Horizont über die Familie nicht hinausging. Diese Muttchen wären durch alles, was man sich unter der freien Liebe damals vorstellen konnte, sofort verschreckt worden und für die Sache der Emanzipation verloren gewesen. Das sieht Louise Otto-Peters sehr klar: »Ich erkenne in einer solchen Frau wie der Aston die größte Feindin eines Strebens, welches sich eine Hebung der deutschen Frauen zur Aufgabe gemacht hat.« Aber die scharfe Zurückweisung, die Aston etwa durch Otto-Peters erfuhr, hatte nicht nur taktische Gründe. Da war immer noch die Sache mit der Religion. In diesem Punkt verstand die Gesellschaft, verstanden weder die vielleicht unzufriedenen, aber doch gottesfürchtigen Ehefrauen und auch die Frauenrechtlerinnen keinen Spaß. Aston-Forscherin Barbara Wimmer schreibt in ihrer Studie *Die Vormärzschriftstellerin Louise Aston. Selbst- und Zeiterfahrung,* einzig Mathilde Franziska Anneke habe die Kollegin in Sachen Religionskritik verteidigt. Denn Aston habe die Wahrheit gesagt »über die Fiktion der geweihten Rosenkränze, die die Frauen vom Denken ablenken, sie träumen hießen und ihnen Zufriedenheit vorgaukelten. Die ›Heuchelei und Lüge im Glorienschein‹ verhindere, dass Frauen denken und handeln. Anneke will nun, dass die Frauen nicht mit dem Bewusstsein ihrer Unterdrückung wieder einschlafen, sondern aktiv werden. Beide, Louise Aston und Mathilde Anneke, wollen den Frauen Mut machen und ihr Selbstbewusstsein anregen.«

Wie stand es nun um Astons Formbewusstsein, wo suchte sie ein Vorbild, wie sahen ihre ästhetischen Überzeugungen aus? Im Vorwort zu *Aus dem Leben einer Frau* gibt sie zu Protokoll: »Das Leben ist fragmentarisch, die Kunst soll ein Ganzes schaffen! Diese Blätter gehören in Dichtung und Wahrheit dem Leben an und machen nicht Anspruch auf künstlerischen Wert. Darum sind sie fragmentarisch wie die ganze moderne Welt, aus deren gärenden Elementen sie hervorgegangen, ein Beitrag zur Charakteristik unseres Lebens.« Das ist nicht ungeschickt, wie Aston hier mit den Begriffen spielt. Einerseits entzieht sie sich einer strengen literarischen Kritik, weil sie einen Kunstanspruch vorab aufgibt, andererseits zitiert sie so nebenbei ein paar Schlüsselworte aus den literarischen Debatten, die ihr bekannt gewesen sein müssen. ›Dichtung und Wahrheit‹ gemahnt an Goethe, der von der literarischen Strömung des ›Jungen Deutschland‹ als Instanz entthront worden ist; ›Fragment‹ lässt an die Romantiker denken, namentlich an Friedrich Schlegel, der das Bruchstück als künstlerisches Genre anerkannt wissen wollte. Insgesamt spürt man in diesem Vorwort den Einfluss einer literarischen Elite, die sich mit dem Journalismus gemein gemacht hatte und auch die kleine Form, den Versuch, die Betrachtung und den Aphorismus, pflegen und den Großdichter, den ›Olympier‹ und seine Uneinholbarkeit lieber los sein wollte.

Aber dann ist da noch das große französische Vorbild George Sand. An ihr orientierte sich Aston nicht nur in puncto Männerkleider und Zigarren, sie wollte auch ähnlich überzeugend schreiben. Wie

Sand wob sie in die Schilderung der Schicksale ihrer Heldinnen die politischen und sozialen Fragen ihrer Zeit ein, wie Sand ergriff sie Partei und plädierte für Frauenrechte. Dabei ging es nicht nur um Entrümpelung des Ehe- und Familienrechts, um Freiheit im Sinne von Freizügigkeit und ökonomischer Unabhängigkeit, sondern – ja, so könnte man sowohl Sand wie auch Aston auf den Begriff bringen – um die Anerkennung der Frau als leidenschaftliches Wesen. Die Ära des Biedermeier erwartete von allen Menschen Bescheidenheit und Maß; von den Frauen aber verlangte sie obendrein Entsagung, Selbstverleugnung und fraglose Anpassung. Sand und Aston hatten beide in unbefriedigenden Ehen erfahren, was solche Zuschreibungen und Erwartungen im Leben von Frauen anrichten. Sie können beide als leidenschaftliche, lebenshungrige Naturen beschrieben werden. Ja, sie nahmen den Wahlspruch der Protestbewegung im Europa der 1968er Jahre vorweg: »Wir wollen alles!«, nur dass sie ihre Forderungen in eine blumige und umständliche Sprache kleideten, die den Zeitgeschmack bedienen sollte. Aber es lief darauf hinaus, dass sie erotische Leidenschaft ebenso ausleben wollten wie revolutionäre Entschlossenheit, dass sie mit dem Körper und dem Geist an alle Grenzen gehen wollten, ja, dass sie überhaupt keine Grenzen mehr akzeptierten. Bei dieser radikalen Tour de Force ging die Religion mit ihren Geboten und Tabus sozusagen nebenbei mit über Bord. Und anders als viele ihrer Mitstreiterinnen auf dem Felde des Journalismus, der Romanliteratur und der politischen Stellungnahmen zogen diese beiden Militanten auch für ihr persönliches Leben die Konsequenz. Sie lösten sich aus ihren Ehen, ließen sich auf mehrere heiße Liebesaffären ein, bezogen politisch Stellung, bekannten sich zum Atheismus oder doch zur klaren Distanz von der kirchlichen Dogmatik – und rauchten Zigarren. In Astons *Aus dem Leben einer Frau* liest die Heldin Johanna George Sands Roman *Indiana.* Ein junger Mann, Baron von Stein, ist zu ihr getreten, eben jener, der sie später vor der drohenden Vergewaltigung retten wird. Ihm vertraut sie an: »Ich bin von der lebensnahen Schilderung der Leidenschaft und des Schmerzes so ergriffen, dass ich heute nicht mehr weiter lesen kann.«

Für Sand wie für Aston lag es nahe, mittels Darstellung all der Schieflagen, Demütigungen und körperlichen Frustrationen, die eine Frau in der Konventionsehe erleidet, zum Widerstand zu inspirieren. Sie konnten hier alles anklingen lassen, was es über enttäuschte Hoffnungen, verratene Gefühle und unerfüllte Sehnsüchte von Frauenseite zu sagen gab, konnten die Fühllosigkeit und Gewalttätigkeit der Männer anklagen, die in der Frau nur ein Werkzeug für ihre eigene Befriedigung sahen und gar nicht wussten, dass auch sie sexuelle Bedürfnisse hatte. Und dann gab es ja noch die Moral. Es gab die Treuepflicht, die Angst vor Verfemung bei Ehebruch oder Geburt eines Bastards – eine Angst, die vor allem Frauen umtrieb. Aber weder Sand noch Aston waren einäugig in diesen Fragen. Auch sie kennen den »guten« Mann, die »edle« männliche Natur. So trifft Johanna in

Karlsbad eine Jugendliebe wieder, die immer noch glüht. Der Jüngling möchte sie besitzen – aber sie wehrt ab, obwohl auch sie nichts lieber täte, als in die Arme dieses Mannes zu sinken. Doch sie will sich als verheiratete Frau, obschon unglücklich, nichts zu Schulden kommen lassen. Der junge Mann sieht alles ein. Aber er verflucht das Gesetz, das eine Ehe schützt, nur weil sie eine Ehe ist, ohne dass Liebe und Rücksicht in ihr Platz hätten. Er sieht zwei Gruppen von Frauen: die größere, die sich anpasst und ihr abhängiges Dasein hinnimmt, und die kleinere, die sich nur äußerlich anpasst, innerlich aber rebelliert und ihr besseres Selbst beschützt. »Dass auch die Weiblichkeit, die sich selbst behauptet, die nimmer herabsteigt zu unedlem Tun und Treiben und dem Pariatum trotzt, zu dem das Gesetz dieser Gesellschaft die Frau verurteilt – dass auch diese Weiblichkeit der rohen Gewalt verfällt und schmachvoller Misshandlung, dass ein roher Wüstling Macht hat über eine Seele, deren Heiligtum ihm verschlossen ist, deren unendlichen Reichtum er nicht ahnt – das empört mein Innerstes gegen dies unverständige Gesetz der Welt, das solche Frevel zu heiligen Rechten und solche Tempelschänderei zu einem gottgefälligen Wandel stempelt.«

Auch stilistisch ist Aston vom Vorbild Sand beeinflusst. Sie pocht zwar auf das ›Fragment‹, das ihr Werk nur sein könne, und begibt sich somit in eine moderne literarische Strömung, zugleich aber pflegt sie eine eher klassizistische Sprache mit vielen Ausschmückungen, süßlichen Naturschilderungen und kitschnahen Beschwörungen bewegter Seelenlagen. »Stein sah ihr mit prüfendem Blick, den sie nicht vermied, ins tränenfeuchte Auge«. Das war der Zeitgeschmack. Man weinte oft, warf sich zu Boden oder stürzte aus der Kammer hinaus, und solche Reihungen von Klischees, die Emotionen transportieren sollten und es seinerzeit wohl auch taten, machen es schwierig, sowohl Sands als auch Astons Romane heute ohne starke innere Distanz zu lesen. Barbara Wimmer bemüht sich in ihrer Studie, Astons Werk in puncto Stil zu retten, muss aber auch kritische Töne anschlagen. »Innerhalb der Romanhandlung sind dramatische Stellen, Gefühlsszenen, Dialoge über existenzielle Fragen oft voll Pathos, Gefühl und Überschwang. Die Darstellungsweise wirkt so an vielen Stellen theatralisch, übersteigert – zum Beispiel die Trennungsszene Johannas von dem Geliebten. Auch der Unsagbarkeitstopos, ›… der Alpdruck eines namenlosen Schmerzes!‹ fehlt nicht.«

Obschon uns heute so ein Sprachschwulst eher abstößt, ist doch festzuhalten, dass das bislang Unsagbare – die erotische Enttäuschung und die politische Entmündigung der Frauen – durch Schriftstellerinnen wie Aston und Sand nun endlich ins Wort gebracht wurde. Dieses Verdienst bleibt ihnen, und es ist hoch zu veranschlagen.

Astons zweiter Roman *Lydia* erscheint 1848 bei Emil Bänsch in Magdeburg, sie muss ihn gleich im Anschluss an den Erstling niedergeschrieben haben. Auch *Lydia* ist mit circa 140 Seiten eher eine Erzählung. Die Komposition einer Geschichte mit schlüssiger Handlungsführung ist Astons Stärke nicht. Die Story zerbröselt ihr unter den Fingern, im Grunde bleibt sie ein Strauß lose zusammenhängender Szenen mit hitzigen oder auch gedankenschweren Dialogen. Heute wäre Aston möglicherweise als Drehbuchautorin erfolgreich. Was den Inhalt angeht, so hatte sie mit *Lydia* den Ehrgeiz, ex negativo zu zeigen, worauf es hinausläuft, wenn man Mädchen und Frauen durch Erziehung und soziale Vorschriften konsequent dem Reich der Sinne fernhält. Im Mittelpunkt steht diesmal eine männliche Figur, der Baron Richard von Landsfeld, ein enttäuschter Lebemann, der es aufgegeben hat, nach der idealen Weiblichkeit zu suchen. Als er Lydia begegnet, einer jungen Unschuld von vollendeter Schönheit, schöpft er noch einmal Hoffnung und macht ihr den Hof. Er heiratet das fromme Kind, aber sein tief eingewurzeltes Misstrauen zwingt ihn, den Vollzug der Ehe hinauszuschieben, um sich so zu vergewissern, dass Lydia wirklich vollkommen unschuldig im Sinne von unberührt und unwissend ist. Es kommt zu bizarren Verwicklungen; ein früherer Verehrer entführt Lydia und versucht, sie zu vergewaltigen (!). Richard von Landsfeld wird schließlich seiner eigenen Gängelei und Manipulationen müde und fällt über die arme, unaufgeklärte Gattin her, die nicht weiß, wie ihr geschieht, und schließlich durchdreht.

Der Baron hat natürlich noch andere Eisen im Feuer – dazu zählt die unerschrockene, emanzipierte, schöne Alice von Rosen, Astons Alter Ego und eine Figur, die ihrer Schöpferin so gut gefiel, dass sie sie in ihrem dritten und letzten Roman *Revolution und*

Konterrevolution wieder auferstehen lässt. In *Lydia* spielt Alice als kluge, selbstbewusste und sinnliche Frau den Gegenpart zur passiven Lydia.

»Als Alice von Rosen nach dem Gespräch mit Landsfeld in jener Nacht in ihre Wohnung zurückgekehrt war, warf sie hastig die Männerkleidung von sich und rief ihrem Mädchen. ›Bring mir ein Glas recht kühles Wasser und eine Cigarre, dann kannst du zu Bett gehen.‹ Als sie allein war, ging sie mit schnellen, ungleichen Schritten im Zimmer auf und ab. Die düster brennende Lampe warf ein unsicheres Licht auf die Wand, an der der Schatten Alices wie ein Nachtgespenst hin- und niederfuhr. ›Sollte ich mich diesmal getäuscht haben‹, sprach sie vor sich hin. ›Sollte dieser Mann mir wirklich widerstehen können? Es darf nicht sein! O, verschmäht, verschmäht von ihm! Jetzt fühl ich, was es heißt, den Strom der Sehnsucht zur Umkehr nach der Quelle zu zwingen. – Er war kalt wie Eis. Er kann kein Herz haben, dieser Mann. Herz?‹ Sie lächelte bitter. ›Hab ich denn ein Herz? Aber du täuschest dich, Richard, wenn du meinst, dass ich den Kampf schon aufgegeben.‹ Sie richtete sich stolz auf bei diesen Worten. Ihre Augen blitzten, und eine flammende Röte bedeckte ihr Gesicht.«

Alice sucht sich ihre Liebhaber selber aus, und sie pfeift auf die Ehe. Aber ein Herz hat sie natürlich doch. In einer Salondiskussion stellt sie den Satz auf: »Des Weibes Glück ist die Liebe. Aber das Glück der Liebe ist die Freiheit.« Diese Freiheit kann auch mit Libertinage übersetzt werden. Alice von Rosen wählt ihre Liebhaber nicht nach Versorgungsgesichtspunkten, sondern nach Attraktivität. Die Roman-Ehe der Landsfelds scheitert tragisch, der Mann erschießt sich. Die arme Lydia aber erholt sich von ihrer Depression und reist mit Alice nach Italien. Ende der Geschichte.

Freiheit in der Liebe, eine Frau, die ihre Liebhaber wechselt, dabei hoch angesehen bleibt und in alle Salons geladen wird, diese Utopie war zu viel für das 19. Jahrhundert. Auch die Darstellung der sexuellen Attacken auf Lydia stießen nicht gerade auf Zustimmung der Rezensenten. Einer fand, die »Schilderung der Brautnacht«, gemeint: Sex, gehöre überhaupt nicht in die Literatur, ein anderer sprach von Schamlosigkeit. Da hatte er wohl recht, man hätte aber auch von einem fälligen Ende der trostlosen Verklemmtheit jener Epoche sprechen können. Aston gab nicht auf. Sie rettete ihre famose Alice in den dritten Roman hinüber, wo die Dame als Kurierin, Intrigantin, Strategin und Kämpferin sowohl auf den Barrikaden für die Freiheit des Volkes als auch in den Boudoirs für die Freiheit der Liebe eintritt.

Der Roman *Revolution und Konterrevolution* entstand 1849 in Bremen und erschien im gleichen Jahr in Mannheim bei J. P. Grohe. Louise hatte während des Schleswig-Holstein-Feldzuges ihren zweiten Mann Daniel Eduard Meier kennengelernt und konnte als allseits ›Verwiesene‹ bei ihm im vergleichsweise liberalen Bremen zur Ruhe kommen und arbeiten. In einer Vorrede erklärt sie: »Die folgenden Blätter führen dem Leser Skizzen aus dem Revolutionsdrama der Jahre 1848/49 vor. Ich übergebe sie der Öffentlichkeit, weil dadurch vielleicht hie und da eine kleine Lücke in dem Intrigennetz der Konterrevolution ausgefüllt wird …« Wir treffen Alice von Rosen zunächst in Wien an, wo sie ein Geheimgespräch mit einem Pater führt. Hier, im Herzen der Habsburger Monarchie, beginnt die Märzrevolution mit dem Sturz Metternichs. Der Funke springt über nach Berlin, und so reist auch die Heldin des Romans in die preußische Hauptstadt, um konspirative Kontakte zwischen den Revolutionären zu knüpfen. Am 18. März kommt es zum Barrikadenkampf: das Volk, Arbeiter, Handwerker, Studenten, Bauern, Kleinbürger und Intellektuelle erheben sich gegen den preußischen Absolutismus. Der König, Friedrich Wilhelm IV., kündigt Zugeständnisse an, er scheint verhandlungsbereit. Aber der Kronprinz und reaktionäre Militärs lassen auf das Volk schießen. Dreihundert Märzgefallene klagen an. Der König schwankt zwischen Härte und Nachgiebigkeit, am Ende verneigt er sich zwar vor den aufgebahrten Toten, nimmt aber alle seine Versprechen zurück. Ein Kompromiss zwischen den Aufständischen und der Monarchie kommt nicht mehr zustande. Die Konterrevolution marschiert und siegt.

Alice von Rosen ist die ganze Zeit dabei. Sie bewegt sich ebenso elegant wie selbstbewusst zwischen den verschiedenen Parteien und Gruppierungen hindurch, sie erhält überall Zutritt, in den Salons des Adels ebenso wie in den Hinterzimmern proletarischer Verschwörer, und es ist gut, dass es sie gibt. Denn allseits lauert Verrat. Alices Herz schlägt für die Revolution und sie ist die Einzige, die aufrichtige Kämpfer rechtzeitig vor den Fallstricken der Gegenrevolution, ausgelegt von Doppelagenten, warnen kann. Sie durchschaut so manchen Spitzel, sich selbst aber lässt sie nicht in die Karten gucken. Dabei weiß Aston die jeweiligen Milieus trefflich zu schildern, hier das Königshaus mit den Ministern und Generälen und steifer Etikette, dort das Bürgertum mit schwankenden, nervösen Antihelden, und schließlich das völlig verarmte Proletariat, das nichts zu verlieren hat als das nackte Leben und dennoch oder deshalb fast frohgemut anpackt, um die Barrikaden zu bauen. Auch der Klerus mit seiner ihm eigenen Doppelzüngigkeit kommt vor. Aston beschreibt die entscheidenden Szenen der Gewalt zwischen mit Steinen bewaffneten Arbeitern und den Kanonen heranfahrenden Soldaten derart hautnah, dass man vermuten kann, sie ist dabei gewesen.

»Es begann jetzt einer jener fürchterlichen Kämpfe, von dem man nur eine Vorstellung hat, wenn man sie aus eigener Anschauung kennenlernte. Es galt, die Häuser von den Insurgenten zu säubern. – Der Offizier schritt den Soldaten voran auf eine Türe zu und deutete mit einer verständlichen Pantomime an, dass sie eingeschlagen werden solle. Die Soldaten gehorchten. Da warf sich ihnen mit wütendem Geschrei die Schar der Arbeiter entgegen. Einigen Soldaten wurden die Gewehre entrissen, andere und sie selbst mit ihren eigenen Waffen niedergestreckt. Man kämpfte Mann gegen Mann. Die Schläge donnerten, die Verwundeten ächzten, endlich neigte sich der Sieg auf die Seite der Übermacht an Zahl und Bewaffnung. Das bis auf fünf Kämpfer geschmolzene Häuflein der Arbeiter zog sich zurück. Die Soldaten gewannen frischen Mut, sie drangen nach – da plötzlich blieben sie an den Boden gebannt, und ihre Waffen entsanken fast ihren Händen – – ein bleiches schönes Weib stand vor ihnen wie eine überirdische Erscheinung.«

Derart bricht hier in den Häuserkampf die Fiktion ein. Das bleiche Weib ist Lydia, die es als Freundin Alices ebenfalls in Astons dritten Roman geschafft hat. Und so sieht das Personal von *Revolution und Konterrevolution* aus: Um die beiden Frauen gruppieren sich die Proletarierin Anna, eine weitere tapfere Kämpferin, aber im Hintergrund verbleibend, deren Bruder Ralph, ein Maschinenbauer und revolutionärer Führer, der Doppelspieler Gilbert, der sich »Chevalier« nennen lässt, der (historische) Fürst Lichnowski, ein schöner, aber eitler Vertreter der Aristokratie, der schließlich umkommt, Pater Angelikus, der gern Politik macht, und ein echter Prinz, der zwischen den Parteien steht und Lydia verfällt. Ferner gibt es noch eine zur Rache entschlossene Spanierin namens Ines, die einst vom Fürsten sitzen gelassen wurde und nun mit ihrem Dolch Jagd auf ihn macht. Hier kippt die Revolutionsballade in die Operette um. Gegen Ende des Werks zieht Alice, ganz wie die reale Louise, in den Freiheitskampf nach Schleswig-Holstein. Sie stößt erneut auf den zwielichtigen Gilbert. Die folgende Passage zeigt recht gut, wie Aston Spannung aus dem Dialog zwischen revolutionärer Heldin und konterrevolutionärem Schurken gewinnt:

»Auf dem Schlosshofe begegnete Alice Gilbert, welcher ebenfalls zum General eilte, dessen Geheimsekretär er war. ›Ha‹, sagte er mit unterdrückter Wut,

›Verräterin! Du meinst, ich habe die Langmut eines Lammes, dass du es wagst, mich zum Äußersten zu reizen. Du warst beim General?‹ Alice würdigte ihn keines Blickes, sondern eilte dem Ausgange zu. ›Du sollst mir Rede stehen! Hast du mich verraten?‹ ›Es steht Euch gut, Chevalier‹, sagte Alice mit schneidendem Hohne, ›Euch gegenüber von meiner Verräterei zu reden. Indessen rate ich Euch, Eurer Zunge nicht allzu sehr die Zügel schießen zu lassen. Meine Feldapotheke enthält vortreffliche Pillen, welche eine wunderbare Kraft der Beruhigung besitzen. Seht! Diese kleine Phiole ist damit bis zum Rande gefüllt.‹ Sie hielt ihm die Mündung eines niedlichen Terzerols entgegen. – ›Adieu!‹ Gilbert verharrte einen Augenblick in seiner Stellung, als sei er unschlüssig, ob er ihr folgen solle oder nicht. Dann wandte er sich um und ging mit zögernden Schritten zum General hinauf.«

Eine Terzerole ist eine kleine Taschenpistole, und die Waffe als traditionell männliches Attribut darf natürlich bei der Zeichnung einer emanzipierten Frauengestalt nicht fehlen. Alice ist als Selbstporträt Louise Astons interpretiert worden, und das ist gewiss richtig. Sie entwickelte diese für die damalige Zeit utopische, im Grunde ›unsagbare‹ Frauengestalt gleichwohl als Vorgriff auf eine Zukunft, die solchen Gestalten Raum geben werde, also als Vorbild. Zum Kontrast hat sie Lydia erschaffen, die Frau, die nicht weiß, wie ihr geschieht und der jede Rebellion fern liegt. Alice und Lydia sind gleichwohl Freundinnen, sie achten einander. Es war Astons Tragik, dass sie, die selbstständige Schriftstellerin und selbstbewusste

Libertine, die doch das Verständnis für ihre unterdrückten Schwestern nie aufgab, auf deren Sympathie nicht rechnen konnte. In *Lydia* hat sie für die Frauen ihrer Zeit, die durchaus davon überzeugt waren, dass weibliche Wesen Menschen zweiter Klasse seien und sich deshalb mit einer dienenden Rolle zufrieden gaben, ein Mahnmal errichtet. In *Revolution und Konterrevolution* stellt sie Lydia und Alice nicht mehr einander gegenüber, sondern nebeneinander. Das macht sie gleich zu Beginn des Romans, in dem sie ein Doppelporträt von ihnen zeichnet:

»Beide hatten schönes dunkelbraunes Haar und tiefblaue Augen, aber das Haar Alicens umschattete mit seinen tausend wallenden Löckchen eine erhabene freie Stirn, während das ihrer Freundin Lydia glatt und gescheitelt die Schläfe bedeckte. Beide waren von anziehender Schönheit, aber wie verschieden war der Typus der Schönheit Alicens von der Lydias. Jene leuchtend, intelligent, fast ritterlich stolz um sich blickend – der Charakter eines seines eigenen Wertes bewussten und in diesem Bewusstsein starken Weibes; diese verschleiert, in sich zurückgezogen, von beinahe melancholischer Bescheidenheit – der Charakter eines nur in seiner inneren, vielleicht vereinsamten Welt lebenden Mädchens. Und doch umschlang diese beiden Frauen ein Band unzerstörbarer Freundschaft, geknüpft durch gemeinsames Erfahren, gemeinsamen Schmerz. Es war ein Band, dessen Knoten unter dem Deckel eines Sarges verborgen war, das Herz eines Mannes, den sie beide einst glühend geliebt – Alice bis zur Verachtung der Männer, Lydia bis zum Wahnsinn.«

Man erinnere sich: Es handelt sich bei dem Toten um Richard von Landsfeld, ehemals Lydias Gatte und Alices Liebhaber, der aber nun, da er nicht mehr lebt, anderen Bewerbern um die Gunst der Freundinnen Platz gemacht hat.

Louise Aston war während der 48er Revolution mit Friedrich Wilhelm Held liiert, einem Redakteur und Volksredner, der glaubte, dass es für Berlin, Preußen und das Volk am Besten sei, wenn sich Arbeiterschaft und Kleinbürgertum mit weitblickenden Angehörigen der Aristokratie gegen das Besitzbürgertum, die Spießer und Philister als den eigentlichen Gegnern, zusammenschlössen. Diese kühne Konstellation – immerhin stützte sich ja der zu bekämpfende preußische Absolutismus auf den Adel – überzeugte auch Aston. Die ›Bösen‹ in ihren Romanen sind die nach dem Profil ihres ersten Gatten geschnitzten bürgerlichen Ausbeuter, Geldsäcke und kulturlosen Aufsteiger. Die ›Guten‹, das sind die Arbeiter, kleinen Händler, Handwerker, Studenten und Künstler. Aber auch jene Vertreter der Aristokratie, die sich durch Bildung, Benehmen und Mut hervortun. Diesen Leuten – Generälen, Fürsten, Gutsherren mit Manieren – solle das Volk vertrauen, um im Bündnis mit ihnen die feige, fette Bourgeoisie zu entmachten. Allerdings verhält sich Aston beziehungsweise Alice den Vertretern des Adels gegenüber ambivalent. Den Fürsten Lichnowski etwa kann Alice, die ja selbst eine Baronin ist, zwar lieben, aber nicht mehr achten, nachdem der sich als Verräter entpuppt hat. Dem Volk indessen, dem Borsig-Arbeiter Ralph, dem schlichten proletarischen

Mann von der Straße und dem einfachen Soldaten, gehört ihre ungeteilte Sympathie.

Nach ihrem Schleswig-Holsteinischen Abenteuer gründet Aston die Zeitschrift *Der Freischärler,* die für die Republik und die Demokratie Partei ergreifen soll. Sie wird im Kapitel ›Die Freischärlerin‹ besprochen wie auch Überlegungen zu ihrer Verteidigungsschrift *Meine Emanzipation, Verweisung und Rechtfertigung* im Kapitel ›Die Ausgewiesene‹. In dieses Kapitel gehören aber die Gedichte der Louise Aston. Ihr letztes gedrucktes Werk, die *Freischärler-Reminiszenzen,* erschien 1850 in Leipzig beim Verlag E. O. Weller.

Von zeitgenössischen Rezensenten und Freunden stammt das Votum, Aston sei eher in der gebundenen lyrischen Form zur Geltung gekommen als in der freien Prosa. Das mag so sein. Ihre Romane sind keine Sprachkunstwerke, sie überzeugen auch nicht durch Plot und Spannung. Sie operieren mit überlieferten Motiven: Fast-Vergewaltigung, Intrige, Macht des Schicksals gegen eigenen Entschluss. Der Stil ist geprägt durch Kaskaden von Attributen bis zum Unsagbarkeitstopos. Die Romane kommen dem Zeitgeschmack entgegen und interessieren heute als ›Tendenzschriften‹, als Literatur, die in der Fiktion ein Anliegen versteckt. Bei Aston ist das die »Befreiung der Frau« und die »Befreiung des Volkes«, vielleicht aber auch nur die Absicht, auf die äußerst beengte Lage der Frauen und der Arbeiterschaft aufmerksam zu machen.

Als Lyrikerin muss sich Aston mit der Form mehr Arbeit machen. Und sie überzeugt durchaus mit starken Versen. Georg Herwegh, der große Freiheitsdichter jener Jahre und Aston bestimmt bekannt, hatte es vorgemacht und zugleich eine Art Standard geschaffen. Lyrik für den Freiheitskampf hatte schlicht zu sein, volksnah, sie vertrug kein hohes Maß an sprachlicher Spitzenklöppelei und rhythmischer Subtilität. Zugleich aber sollte sie tief sein und alles sagen, was gesagt werden musste. Diese Leitlinie galt auch für Aston. Sie hat simple Reimschemata und eingängige Rhythmen bevorzugt. Aber sie hat in diese eher grobe Form einen fein differenzierten Inhalt gegossen. So heißt es in *Barrikadenklänge:* »Denn wer um Freiheit mutig rang, / Noch kann er sich zum Fest nicht laden; / Ein Kämpfer steht er, ernst und bang / An den Gedanken-Barrikaden.«

Die Revolution ist im ersten Ansturm gescheitert, es gab viele Tote. Die Fürsten, nicht nur in Preußen, haben die in der Not gemachten Zugeständnisse wieder zurückgenommen. Die Nationalversammlung in der Frankfurter Paulskirche kann ihren Verfassungsentwurf nicht durchsetzen; sie löst sich auf. Irgendwann während dieser Prozesse, kurz nach den Kämpfen in Berlin, wird dieses Gedicht entstanden sein. Es mahnt zum Innehalten und Nachdenken, es gibt der Skepsis Raum und wehrt sich gegen Euphorie. Und so geht es weiter: »Und trägt ihn noch, den schwarzen Flor, / Den er der alten Schmach getragen, / Und sieht in einem Meteor / Noch keine Sonne wieder tagen.« Obacht, sagt Aston, freut Euch nicht zu früh. Es kann alles wieder den Bach runter gehen. Da das Gedicht mit diesen Zeilen beginnt: »Warum mein Herz nicht freudig schlägt / Zu all dem

Jubel, diesen Festen?« muss es ein Entgegenkommen vonseiten des Königs oder seiner ›Märzminister‹ gegeben haben. Wahrscheinlich geht es nur darum, dass sich das Militär zurückgezogen hat, was aber die ›Märzgefallenen‹ – für die trägt sie Trauer – nicht wieder lebendig macht. Aston ahnt die Niederlage voraus, sie wendet sich entschieden gegen »kindisches Vertrauen«. Ähnlich dichtete ein Jahr später Heinrich Heine: »Gelegt hat sich der starke Wind, / Und wieder stille wird's daheime; / Germania, das große Kind, / Erfreut sich seiner Weihnachtsbäume.«

Die *Reminiszenzen* umfassen zwölf Gedichte, von denen einige schon im *Freischärler* publiziert worden waren. Sieben sind der Revolution gewidmet, den Kämpfen, den Kämpfenden, den Gefallenen. In *Den Mördern Robert Blums* drückt Aston ihre Zuversicht aus, dass die Revolution, nachdem die Konterrevolution ihre Opfer gefordert hat, das letzte Wort sprechen und siegen wird. Wie ihre Dichter-Kollegen Herwegh, Freiligrath und Gottschall setzt sie dem Demokraten Robert Blum ein poetisches Denkmal. Sie gibt kund, dass sie nicht vergisst und dass sie an Rache denkt. Blum war bei der Verteidigung Wiens gegen die Truppen der Reaktion im November 1848 als Anführer verhaftet und hingerichtet worden. Astons Verse gelten den Verantwortlichen, unter anderem dem Feldmarschall Felix zu Schwarzenberg, der den Befehl gab, Blum trotz Abgeordnetenimmunität standrechtlich zu erschießen. Aston ist ein Weib, das mit den Zähnen knirscht. Sie beweint nicht, sie droht Vergeltung an.

Den Mördern Robert Blums

Wenn einst der Freiheit Hymnen schallen,
Die Schwerter wieder rein von Blut;
Dann will ich zu der Stätte wallen,
Wo Robert Blum, der Edle, ruht;
Dann schmück ich unter Tränen
In einer stillen Nacht,
Wenn sie mich schlummernd wähnen,
Sein Grab mit Blumenpracht.

Was soll uns jetzt die Klage frommen?
Mein Aug ist heiß, doch tränenleer,
Es wird der Tag des Kampfes kommen,
Die Leier nicht – es gilt den Speer!
Aus jeder Todeswunde
Ein Gott der Rache spricht:
Noch kennt ihr bis zur Stunde
Des Zornes Allmacht nicht!

Und noch ein Rachemotiv findet sich in den *Freischärler-Reminiszenzen.* Goethes *Heideröslein* ist bis heute ein populärer Liedtext, das war auch zu Astons Zeiten so. Das Röslein blüht so schön, und es wird von einem Knaben entdeckt, der es erst bestaunt, dann aber pflücken will. »Knabe sprach: Ich breche dich. / Röslein sprach: Ich steche Dich / (…) Und ich will's nicht leiden.« Doch der »wilde Knabe« bricht das Röslein, so sehr es sich auch mit seinen Dornen wehrt: »Musst es eben leiden.« Das ist nun keine Fast-Vergewaltigung mehr, sondern eine vollendete, jedenfalls ist diese Interpretation sehr naheliegend. Aston schrieb nun, die metaphorische Ebene des *Heiderösleins* vor dem »heißen, doch tränenleeren« Auge, das Gegen-Gedicht. Die Wildheit ist vom Knaben auf die Rose übergegangen, und der »kühne Jäger« ist es jetzt, der leiden muss.

Die wilde Rose

Da droben auf einsamer Höhe
Die wilde Rose blüht,
Und wer sie von ferne gesehen,
In heißer Sehnsucht erglüht.

Zu ihr über Felsen und Klüfte
Ein kühner Jäger klimmt.
Schon ist er in nächster Nähe –
Das Auge in Tränen schwimmt.

Er will sie erfassen und pflücken.
Da strauchelt jäh sein Fuß;
Des Abgrunds finstere Tiefe
Empfängt ihn mit kaltem Kuss.

Da droben auf einsamer Höhe
Die wilde Rose blüht,
Und wer sie von Ferne gesehen.
In heißer Sehnsucht erglüht.

Wilde Rosen hieß ja Astons erster Gedichtband, ihr Debüt auf dem Buchmarkt überhaupt. Auch dieser

1846 veröffentlichte Band versammelt zwölf Gedichte, in denen die Rosen für die Liebe und ihre Wildheit für die freie Liebe stehen. »Freiem Leben, freiem Lieben / Bin ich immer treu geblieben« heißt es in dem Refrain des vierstrophigen, jeweils zehn Verszeilen umfassenden *Lebensmotto.* In der letzten Strophe wandelt die Dichterin den Refrain ab und erzielt so noch einmal eine Steigerung:

Schöne Welt, du blühend Eden,
Deiner Freuden reicher Schatz,
Gibt für alle Schicksals Fehden
Vollen, köstlichen Ersatz!
Freiem Lieben, freiem Leben,
Hab ich ewig mich ergeben!

Als sie dies schrieb, lag ihre letzte Scheidung noch nicht lange zurück; etliche »Schicksalsfehden« hatte sie schon durchgestanden. Weitere würden folgen, so ihre Verweisung aus Berlin und der Verlust der Tochter. Doch der Jubelruf »Schöne Welt, du blühend Eden« drückt ihr Lebensgefühl, ihre Daseinsfreude ganz unverhohlen aus, er bleibt ihr Lebensmotto und gibt ihr Kraft zu dichten, zu fabulieren, zu erzählen – und zu kämpfen. Ihrer französischen Patin hat sie auch ein Gedicht gewidmet:

An George Sand

Auf ihren Bannern glänzt im Morgenlichte
Das freie Weib, das keinem fremden Wahn,

Das nur dem eignen Geiste untertan,
Dem Losungswort der neuen Weltgeschichte!

Das ist typisch für Louise Aston. Sie bleibt nicht bei ihrer persönlichen Freiheit stehen, sondern sieht das ›freie Weib‹ als Motor der Weltgeschichte. Dem ›Wahn‹ (= Religion) setzt sie den ›Geist‹, das Selbstdenken, entgegen. Die Verdammung der Konventionsehe, die herz- und geistlos aus bloß materiellen Motiven geschlossene Verbindung, war Astons erstes großes Unglück und ihr erster wichtiger Antrieb, sich kritisch und poetisch an die Öffentlichkeit zu wenden. Hier kann sie anknüpfen, denn der literarische Protest gebildeter Frauen gegen ihre Funktion als Markenartikel, der meistbietend verscherbelt wird, hat schon im 18. Jahrhundert begonnen, so bei Madame de Lafayette, bei Sophie von La Roche. Jetzt fügt Louise Aston ihr eigenes klirrendes Pathos hinzu. Der sardonische Titel *Ein heiliges Fest* geißelt die arrangierte Heirat als Totenfeier – was da stirbt, sind der Eigenwillen, das erotische Verlangen und der persönliche Lebensentwurf eines Mädchens. Mit dem (schon zitierten) Vers: »Verzweiflung sprach den Hochzeitssegen / Sprach ihren Fluch am Traualtar« schließt das Gedicht. Hier die vorhergehenden Zeilen:

Fluch diesem Tage höchster Feier,
Der mir das Herz im Busen bricht!
Der höhnend durch der Zukunft Schleier
Mir zeigt des Schmerzes Angesicht!
Ein Schmerz, der nicht in leichtem Beben,

In flüchtigem Vorüberschweben
Die schwarze Trauerfahne trägt; –
Nein, der ein ganzes reiches Leben
Mit schonungsloser Hand zerschlägt.

Louises Lyrik verschaffte ihr einen Ruf. Da aber nicht alle Rezensenten und Leser von Gedichtbänden zwischen der berüchtigten Madam Aston, die mit Männern in Kneipen ging, und der Dichterin unterscheiden konnten, gab es immer auch den Rumor, Astons Gedichte seien gar nicht von Aston, sondern von Ghostwritern, denen sie zum Dank für die Verse ein paar schöne Nächte geboten habe. Karl August Varnhagen von Ense ist auch auf dieses Gerücht hereingefallen. Er schrieb über die *Freischärler-Reminiszenzen:* »Diese Gedichte sind nicht von Louise Aston, sondern von zwei jungen Männern, die ihr dieselben überlassen haben. Es herrscht darin große Kühnheit, ja Verwegenheit …« Das passierte damals öfter, dass man Frauen, die unter eigenem Namen publizierten, die Urheberschaft absprach und einen Mann dahinter als den wahren Autor vermutete. Jenseits von Ahnungen und Unterstellungen, also im wirklichen Leben, war es genau umgekehrt. Es war gang und gäbe, dass Produkte weiblicher Phantasie und Erzählkunst unter männlichen Pseudonymen oder dem Namen des Ehemannes auf dem Buchmarkt erschienen.

Der Redakteur und Romancier Karl Frenzel reagierte so auf Astons Poesie: »Darin täuschte sie den Bewunderer ihrer Gedichte nicht, dass sie leidenschaftlich und waghalsig wie diese, immer im Feuer und zu jedem Abenteuer geneigt war.« Der Schriftsteller schrieb dies aus der Rückschau, Louise hätten seine Zeilen, die ihr nicht vor Augen kamen, sicher mehr gefreut als jede achtungsvolle Rezension. Es gibt von Frenzel, der beim *Freischärler* dabei war, noch ein paar Erinnerungen an Louise, die gut zu ihrer Idee vom ›Fragmentarischen des Lebens‹ passen. »Auf einen Wink der Polizei verließ Louise Aston um die Mitte des Novembers Berlin, und ich habe sie nur noch einmal auf eine flüchtige Stunde im März 1845, als sie heimlich in der Hauptstadt gekommen war, wieder gesehen. Lange habe ich eine Locke ihres braunen Haares, die sie mir damals schenkte, in treuem Gedenken bewahrt; jetzt finde ich sie nicht mehr.«

Die Emanzipierte

»Geistreiches Handeln und freies Tun«

Der Begriff Emanzipation hat, auf Frauen bezogen, seine leichte Schlagseite in Richtung Unernst nie völlig verloren. Auch heute noch sind Emanzen Frauen, die es mit ihren Gleichheitsvorstellungen im Lichte der Mehrheitsmeinung übertreiben. Im 19. Jahrhundert gab es Köpfe, auch männliche, die sich über die Gleichstellung der Frauen ernsthaft Gedanken machten, aber sie gehörten zu einer kleinen Minderheit. Das Volk, die Gelehrten in ihrer Mehrheit und allemal die besitzenden und herrschenden Klassen hielten Frauen, die an ihrer subalternen Lage etwas ändern wollten, für Störenfriede; man machte sie mit stiller Freude lächerlich. Noch Sigmund Freud, dessen Wirken ans Ende jenes Jahrhunderts fiel, hat gesagt, es müsse in einer Ehe Unterordnung geben, und die Herrschaft des Mannes sei »das kleinere Übel«.

Wir haben hier die Vorstellung einer hierarchischen Durchstrukturierung der sozialen Welt, wie sie alle Menschen vom Militär und von der Kirche, aber auch von Schulen und Universitäten, von Handwerksbetrieben, von den neu entstehenden Fabriken sowie von den mächtigen Bürokratien und Regierungsorganisationen her kannten. Chef und Untergebene, dazwischen Zwischenstufen, so sah es aus. Niemand konnte sich eine egalitäre Struktur, ein Zusammenleben und -arbeiten auf Augenhöhe vorstellen. Oder doch? In der französischen Revolution immerhin war die Egalité, die Gleichheit, zur Losung geworden – aber was hieß das eigentlich? Vor Gott waren die Menschen gleich, aber auf Erden waren sie es offensichtlich nicht. Da die Aufständischen in Frankreich die Privilegien der Kirche und des Adels in Frage stellten, muss ihnen daran gelegen gewesen sein, ein Mehr an Gleichheit auch auf Erden schon zu schaffen. Der dritte Stand, das Bürgertum, gewann tatsächlich zunächst an Selbstbewusstsein und dann an Macht. Der Grundgedanke einer hierarchischen Gesellschaftsstruktur blieb dennoch lange lebendig; erst die demokratischen Bewegungen des 19. Jahrhunderts brachten ihn allmählich ins Wanken. Und er blieb seltsamerweise – siehe Freud – am längsten dort wirksam, wo er scheinbar am einfachsten durch die Idee der Egalité zu ersetzen gewesen wäre: im Privatleben. Noch die Debatte um den Gleichberechtigungssatz im Deutschen Grundgesetz 1949 rekurrierte seitens der Konservativen immer wieder auf die Überzeugung, dass Familien eine klare Hierarchie und Befehlsstruktur mit dem Mann als Oberhaupt bräuchten, sonst werde Anarchie ausbrechen. Damit sollte eine tiefes Misstrauen hinsichtlich der Fähigkeit von Frauen, für sich selbst und ihre Kinder verantwortlich zu handeln, festgeschrieben werden. Glücklicherweise setzte sich in Deutschland die Fraktion derjenigen durch, die dieses Misstrauen nicht teilten. Dass Frauen gleich befähigt waren, hatten sie schon bewiesen – in Krieg und Nachkrieg –, bevor die gleichen Rechte ihnen auch als Privatpersonen zugebilligt wurden.

Im 19. Jahrhundert gab es eine kraftvolle, sogenannte bürgerliche Frauenbewegung. Persönlichkeiten wie Louise Otto-Peters, Mathilde Franziska Anneke, Johanna Kinkel und Louise Dittmar gründeten Vereine und Zeitungen und schrieben Artikel und Bücher mit diesem einen Ziel: aus Frauen selbstbewusste Staatsbürgerinnen zu machen. Dafür war eine Mädchen-Bildung vonnöten, die der Unterweisung von Knaben in Umfang und Anspruch gleichkam. Wissenschaft, Politik, Wirtschaft und Künste waren Männerdomänen, die es einzunehmen galt. Die Feministinnen jener Zeit setzten sich insofern für die Freiheit der Frauen ein, als sie fanden, man müsse die Alternativen zur Ehe aufwerten. Eine Frau ohne Familie, dafür mit einem anspruchsvollen Beruf, sollte geachtet statt bemitleidet werden. Selbst mit diesem Programm stießen die frühen Frauenrechtlerinnen auf nachhaltige und wirkmächtige Kritik. Den nächsten Schritt der Emanzipation zu gehen und für Frauen volle Gleichheit innerhalb der Familie zu fordern, geschweige denn der ›freien Liebe‹, also ehelosen Verbindungen, das Wort zu reden, trauten sie sich nicht. Sie hielten »die heilige Pflicht« der Frauen, Kinder zu gebären und großzuziehen, für unhintergehbar und erfüllbar einzig in einer Ehe, die der Mutter Schutz und Versorgung durch den Gatten garantierte. Daran wollten sie nicht rütteln. Wer das aber tat, war Louise Aston.

Sie hatte erlebt, dass der Preis für die Sicherheit männlichen und moralischen Schutzes in der Ehe zu hoch sein konnte. Sie machte sich keine Gedanken darüber, wer denn für die Sprösslinge einer freien Liebe aufkommen solle. Vielleicht hat sie dieses Thema in der einen oder anderen Berliner Kneipe mit Gesinnungsgenossen diskutiert. Wie auch immer diese Debatten ausgegangen sein mögen, für Aston stand zweierlei fest: Nur um der materiellen Sicherheit Willen an der Seite eines Unholds auszuharren, auch wenn er der Vater gemeinsamer Kinder war, das konnte von einer Frau unter keinen Umständen verlangt werden. Und zweitens: Das Glück erotischer Erfüllung war zu groß, als dass eine Frau es um der öffentlichen Moral, der Religion oder sonstiger äußerer Zwänge willen ausschlagen könne. Und so war sie eine der ersten konsequent individualistischen Rebellinnen in der Moderne – mit politischem Anspruch allerdings.

Ihr Roman *Lydia* präsentiert eine interessante Salon-Szene: Die männlichen und weiblichen Protagonisten treffen nach und nach ein, um einander zu schmeicheln, herauszufordern, zu belauern und hinters Licht zu führen. Die zweite Heldin neben der Titelfigur Lydia, die Baronin Alice von Rosen, hat einen großen Auftritt. Sie streitet mit den Gegnern der Emanzipation und gewinnt in diesem verbalen Schlagabtausch, die Männer strecken die Waffen. Dass Frauen auch außerhalb des Familienrahmens Erfüllung finden können, beweist Alice in Astons drittem Roman *Revolution und Konterrevolution* durch ihre Teilnehme an Aufstand und Feldzug. Hier im Salon jedoch belässt sie es bei Fragen der Emanzipation im Kontext der Geschlechterbeziehung. Sie bekennt: »Des Weibes Glück ist die Liebe«. Sie sagt nicht: Des Weibes Bestimmung ist die Liebe, das ist schon mal wichtig. Und sie fährt fort: »Aber das Glück der Liebe ist die Freiheit«. Die Männer im Salon sind klug, sie wissen, was das heißt, und halten inne vor Schreck. Sie haben ja meistens erfahren, welches Glück in der freien erotischen Wahl liegen kann. Aber sie wollen sich nicht vorstellen, was geschähe, wenn eine solche freie Wahl auch den Frauen offen stünde. Alice lächelt. Sie hat ihren Punkt gemacht. Dass etliche der anwesenden Herren sie in Gedanken als Hure abschreiben, ist ihr egal. Sie kennt das. Solche primitiven Abwehrmechanismen beeindrucken sie nicht mehr. Sie erklärt, dass sie unter Freiheit nicht nur »Unbeschränktheit der Empfindung« verstehe, sondern »soziale Freiheit«. Gefragt, was das denn heißen solle, sagt sie: »Freiheit der Individualität.« Da schüttelt das Mannsvolk die Köpfe. Diese Freiheit können sie Frauen nicht zugestehen. Alice, voller Verachtung gegenüber solcher Arroganz: »Ist das Weib etwa weniger Mensch als der Mann, bildet es etwa eine Zwischenstufe zwischen Mensch und Affe? Freilich, die Männer möchten es gerne so darstellen.«

Zwischen Louise und ihrer romanesken Doppelgängerin gibt es große Unterschiede. Alice gehört zum Adel und sie hat Geld, eine kardinale Bedingung von Freiheit. Die bürgerliche Louise muss sich um ihr Einkommen abmühen, das ist eine völlig andere Ausgangslage. Aber an der Freiheit als Glück der Liebe, auch an ihrer Ehekritik, hält Louise genau wie Alice unbeirrt fest. Da lässt sie nicht mit sich handeln. Und so hat sie auch im Leben ihre Liebhaber gewechselt, wenn eine alte Geschichte zu Ende gegangen war und eine neue beginnen konnte. Charles Fouriers Satz: »Die Heirat scheint dazu erfunden worden zu sein, um die Widernatürlichkeit zu belohnen« wird ein weiterer Wahlspruch gewesen sein, an dem Aston nicht nur ihre Überzeugung, sondern auch ihr Handeln ausrichtete.

Es war unumgänglich, dass die Mitwelt, so wie deren Überzeugungen hinsichtlich passenden weiblichen Verhaltens damals aussahen, ihr Unmoral vorhielt und heftig gegen sie polemisierte. Über ihre Rolle beim Freikorps schrieb ein Beobachter, der ihre Tätigkeit als Krankenschwester übrigens hoch anerkennenswert fand, Folgendes:

»Eine solche Heroine wie Lady Aston hätte kaum des männlichen Schutzes bedurft, aber Weib bleibt Weib, trotz aller Emanzipation. Der Führer der feinen Berliner, Herr Szczepansky, war der Glückliche, der starke Stamm, um welchen sich im Anfang ihre zarte Weiblichkeit liebend hinauf rankte. Aber ach, ihm war es nicht beschieden, die freie Schöne zu fesseln, und zähneknirschend musste er sie eines Tages an der Seite seines Befehlshabers im bequemen Wagen an sich vorbeifliegen sehen, während er im Staub dahin marschierte, den Tod im gebrochenen Herzen. Denn sprang nicht die diensttuende Ordonnanz in jedes Straßenwirtshaus und rief: Zwei Flaschen Rotwein für die berühmte Lady A! Und wurden diese nicht immer so eilig verabfolgt, dass selbst das Bezahlen vergessen wurde? Aber es gibt eine Nemesis – nach drei Tagen schon ritt der Major einsam dahin und die Lady wandelte am Arm eines blonden Leutnants …«

Gegenmeinungen, in denen Aston trotz ihrer Libertinage besser wegkam, fehlten nicht. Ihr Kollege und Mitarbeiter Karl Frenzel, der mit ihr für den *Freischärler* schrieb, nahm sie folgendermaßen wahr:

»Unter den Frauen, die den demokratischen Klub besuchten, rote Federn an den Hüten, befand sich auch Louise Aston. Wer mich ihr vorstellte und bei welcher Gelegenheit, ist meinem Gedächtnis entschwunden; es war im September 1848. Wir sind rasch gute Kameraden geworden. Sie war eine auffallend schöne Erscheinung, feingliedrig, mit dem lieblichsten Munde, mit dunkelbraunen Haaren und dunklen Augen, die zwischen Melancholie und Lust hinschmachteten, aus Sinnlichkeit und Diakonissentum gemischt.«

Frenzel kannte sie gut, und er respektierte sie als Mensch, Dichterin und Rebellin offenbar zu sehr, um an ihren Amouren, von denen er gewusst haben muss, Anstoß zu nehmen. Das gab es also damals auch: Männer, die Frauen achteten, deren Familienstand mit ›geschieden‹ angegeben werden musste, und die sich zum Gefährten nahmen, wer ihnen gefiel und wer die Wahl annahm.

Der erste Liebste in Louises Zeit nach der Scheidung, als sie sich in Berlin einrichtete, war der Dichter Rudolf Gottschall. Er widmete ihr die erwähnten Liebesgedichte, die ihr die Aufmerksamkeiten der Polizei eintrugen. So ein Risiko gingen die Vormärzler, einschließlich der emanzipierten Frauen, die sich ihnen anschlossen, ganz bewusst ein. In Wolfgang Eßbachs Monographie *Die Junghegelianer* gibt es ein Kapitel über die damals entstehende Berliner Boheme, der unbedingt daran lag, die braven Bürger vor den Kopf zu stoßen. Zu dieser lustigen Truppe gehörte auch Aston, sie wird bei Eßbach erwähnt. »Die Jungeheglianerinnen gelten als gefeit und gepanzert gegen die schlimmsten Waffen des Zynismus. Otto Lüning charakterisiert sie als Frauen, ›welche man in diesen Kreisen emanzipiert nennt, welche ihr Vergnügen daran haben, mit ihren Freunden, Liebhabern und Männern die Wirtshäuser zu besuchen, Bier zu trinken, Cigarren zu rauchen und die sich gern in männlicher Kleidung mit Sporen und Reitpeitsche bewegen.‹ Louise Aston, Tochter eines magdeburgischen Geistlichen, geschieden von einem Engländer, von Freunden die ›deutsche George Sand‹ genannt, wurde 1846 polizeilich aus Berlin ausgewiesen, ›weil ihre Ansichten über die Ehe die bürgerliche Ordnung der Residenz gefährdeten‹. Für Lüning handelt es sich bei dem Treiben von Frauen wie Louise Aston ›um Geschmackssachen, um die sich die Polizei keinesfalls zu kümmern hat‹.« Nein, die Emanzipierten hatten keine Angst. Sie zogen mit ihren Gefährten singend durch die Straßen und verhöhnten die sogenannten guten Sitten, auch kirchliche Rituale, indem sie zum Beispiel eine Hochzeit als Persiflage inszenierten mit einem echten Pfarrer, der entsetzt mit ansehen musste, wie die Gäste während der Zeremonie rauchten, Zeitung lasen und die Füße hochlegten und das Brautpaar sich kichernd Gardinenringe an die Finger steckte. Solche Provokationen gehörten zur rebellischen Attitüde und Louise hatte ihr ausgemachtes Vergnügen daran. Der Demokrat Carlos von Gagern berichtet:

»Ein unverwüstliches Kneipgenie war die Aston. Müdigkeit, Erschöpfung waren Dinge, die sie nicht kannte... Eines Morgens um zwei Uhr erklärte sie, nachdem wir – ein ganzer Trupp – das Lokal verlassen hatten und uns auf dem Heimweg befanden, es wäre gradezu ein Skandal, zu so früher Stunde das Bett aufzusuchen. Sie ließ nicht nach, speziell in mich, der ich damals über eine verhältnismäßig große Wohnung verfügte, zu dringen, ihr wie den übrigen Gastfreundschaft zu gewähren. Da half kein Widerstreben! Ein Punsch wurde gebraut, und erst als die Sonne ins Fenster schien, nahm das Zechgelage ein Ende. ›Louis‹ fand es bequem, mein Bett sich als Lagerstätte zu erkiesen, während ich mich mit einem Sofa zufrieden geben musste. Übrigens: *honni soit qui mal y pense!* Die Aston hatte zudem damals ein Verhältnis mit dem herkulischen Szczepansky, welcher später in der Belagerung von Fridericia einen Arm verlor, und wenn es auch vielleicht ihren Grundsätzen entsprach, die Liebhaber je nach Laune und Bedarf zu wechseln, dem, welchen sie sich gerade erwählt hatte oder von welchem sie erwählt war, blieb sie treu, solange es eben dauerte.«

Aber auch dieser ihr im Grunde wohlgesonnene Zeitgenosse kann nicht anders als ihr mit einer ebenso selbstverständlichen wie beiläufigen Geste die Autorschaft für ihre erste Publikation abzusprechen. Er fährt fort:

»Als Vorgänger Szczepanskys in ihrer Gunst wurde Gottschall genannt, und diesem Verhältnis sollen als eigentümlich duftendes Kind die ›Wilden Rosen‹

entsprossen sein, jener von dem Dichter unter der Aston Namen zusammengewundene Liederkranz, dessen Tendenz das offenherzige Motto bezeichnet: ›Freiem Leben, freiem Lieben bin ich immer treu geblieben‹.«

Es muss hier hinzugefügt werden, dass Gottschall selbst von »Eigenem« sprach, das er in die Gedichtsammlung hineingegeben habe, was auf eine Art Gemeinschaftsarbeit mit Aston schließen lässt.

Rudolf Gottschall hat in seinen Erinnerungen die wohl liebevollste Charakteristik seiner Freundin hinterlassen. Ganz offensichtlich war er weit davon entfernt, ihr zu verübeln, dass sie in Treue zur freien Liebe irgendwann weitergezogen war.

»Da trat Louise Aston in mein Leben, erweckte in mir eine glühende Leidenschaft, um so mehr, als sie meinem eigenen Emanzipationsdrang auf allen Gebieten des geistigen und sinnlichen Lebens entgegenkam und mir das Ideal eines schönen, freien, nicht in der Ehe einphilistrierten Weibes war, wie es damals den jungdeutschen Phantasien und nicht bloß den meinigen vorschwebte. Sie erschien mir als eine moderne Aspasia – natürlich konnte sie in einer dem Hellenismus so fernstehenden Zeit nicht in selbstgenügsamer Harmonie dahinleben, sondern nur im Widerspruch mit der herrschenden Sitte.«

Die sympathisierenden Stimmen kamen ja aber nun aus Astons eigenem Milieu. Sowohl unter den ›Freien‹ als auch bei den Junghegelianern und Saint-Simonisten war man froh, auch ein paar Frauenzimmer dabei zu haben, die nicht »einphilistriert« waren, sondern Kneipnamen führten, nächtens zechten, für jeden Spaß und womöglich auch für ein erotisches Abenteuer zu haben waren. Doch diese Boheme war sehr überschaubar. Und gleich im Nachbarhaus, im Park, in der Gastwirtschaft, auf der Straße, im nächsten Polizeirevier saßen die Denunzianten und Sittenwächter, die sich jegliche praktische Kritik an ihrem Frauenbild verbaten.

Zu Astons Emanzipationsbegriff gehörte ein verbindliches Programm von Praxis. Das zeichnete diese Aktivistin von jenen Mitstreitern aus, die über Freiheit, sei es in der Politik, sei es in der Liebe, immer nur redeten. In der oben erwähnten Salonszene ergreift Alice von Rosen so das Wort:

»Meine Herren und Damen! Es ist so vielfältig und auch heute in unserem Kreise schon öfters von dem wahren Wesen der Frauenemanzipation gesprochen worden, ohne dass man, wie es mir schien, eigentlich darüber klar gewesen, weder wozu die Emanzipation diene, noch wozu man darüber spreche. Erlauben sie mir hierbei die Bemerkung, das grade der männliche Teil der Gesellschaft sich diese Sache am meisten zu Herzen zu nehmen scheint, das heißt, am meisten darüber spricht, vielleicht weil er am wenigsten davon begreift. Mich will es bedünken, als müsse der Anfang zur wahren Emanzipation damit gemacht werden, dass man sich vom Hin- und Herreden darüber emanzipiert. Zwar hat auch die Emanzipation des Wortes ihr Recht, und man muss dafür kämpfen, ich gebe es zu, aber die wahre Emanzipation ist die Emanzipation der Tat. – Meine Herren und Damen! Wir wollen keine Worthelden werden, hoffe ich; geistreich zu sprechen und frei zu denken, ist ein Kinderspiel gegen geistreiches Handeln und freies Tun. Gibt es nicht manche auch unter uns, die hinter dem freiem Wort die praktische Impotenz verstecken? Man schlage an seine Brust und frage sich, ob zum Beispiel die Furcht vor der Polizei für uns alle schon eine überwundene Kategorie ist? Man schlage zerknirscht an seine Brust und bekehre sich. Ich aber erhebe mein Glas und rufe mit gutem Gewissen: Die Emanzipation der Tat soll leben!«

In allen revolutionären Bewegungen gibt es die Ungeduld derer, die finden, dass die Genossen, die Mitverschwörer, die Parteileute, die Volksvertreter zu viel reden. Das Vorparlament in der Frankfurter Paulskirche wurde wegen seines rhetorischen Furors verspottet. Es war ja nicht so, dass die Redekunst einen schlechten Ruf hatte – aber jede noch so schön formulierte Suada klang hohl, wenn keine Taten folgten. Louise empfand den Widerspruch zwischen zu vielen Sprüchen und zu wenig Widerstand äußerst schmerzlich. Sie wollte, was ihr eigenes Leben betraf, Anspruch und Wirklichkeit zur Deckung bringen, wollte nicht nur *Wilde Rosen* in Gestalt von Gedichten unters Volk bringen, sondern durch ihre ungezügelte Lebensweise sich selbst und der Welt zeigen, wie Freiheit aussehen kann. Auch in diesem Zusammenhang spielt ihre Religionskritik eine tragende Rolle. Besonders die Frauen, das sah sie, begnügten sich mit dem Versprechen, im Jenseits für all ihr Dulden und Leiden entschädigt zu werden. Von daher ließen sich die passiven Tugenden, die ihnen zugeschrieben und abverlangt wurden – Entsagung, Hingabe, Verzicht und Selbstverleugnung –, moralisch und lebenspraktisch aufwerten: der Lohn wartete im Paradies. Skeptisch hatte die junge Louise vor dieser Verheißung gestanden. Und wenn da gar nichts war im Jenseits? Die Männer immerhin, das sah sie auch, nahmen sich mehr vom Glück im Diesseits. Zwar hofften auch sie auf Vergebung ihrer Sünden und Aufnahme in den Himmel. Aber es gab für sie schon im irdischen Hier und Jetzt, das einen so viel größeren Radius hatte als das weibliche Dasein, genug Glück und Unglück, Kampf und Sieg, Niederlage und Leidenschaft, Neugier und Erkenntnis, als dass sie die Vertröstung auf ein Jenseits so bitter nötig gehabt hätten wie die Frauenzimmer. Auf Erden, fand Aston, sollten auch Frauen ihr Glück finden, anstatt in engen Verhältnissen schmachtend auf ein besseres Jenseits zu warten. Ihr Zeitgenosse Karl Marx, der wie sie mit dem Ehepaar Anneke im Briefwechsel stand und der die Werke ihrer Freunde Bruno Bauer und Max Stirner verriss, hat es so ausgedrückt: Es ginge nicht darum, dass die Menschheit ihre Ketten mit den Blumen der Religion umwinde, sondern »dass sie die Ketten abwerfe und die lebendige Blume breche«. Die Einstellung zur Religion, die ›Gretchen-Frage‹ in Goethes *Faust,* sie war und blieb die Sollbruchstelle in Astons Lebenspraxis. An ihr schieden sich die Geister – solche, die zu ihr hielten, und andere, die ihr den Krieg erklärten. Durch letztere wurden die Polizeipräsidenten in allen Ländern, durch die Aston reiste, aufgeschreckt und schickten ihre Leute los, die Atheistin hinauszuwerfen. Auch zur Gruppe der bürgerlich emanzipierten Frauen, soweit sie auf Anstand hielten, durfte Aston sich nicht rechnen. Sie, die aufgrund ihres Freisinns mit Männern besser auskam, entwickelte einen gewissen Hochmut gegen das angepasste Weibervolk. Für Aston war formale Gleichheit nie genug, sie wollte mehr: die Befreiung der Leidenschaft, wie George Sand sie gefordert hatte. Es gibt ein Gedicht von der Aufklärerin Emilie Spreu, das *An Louise Aston* heißt und mit einer freundlichen Verneigung vor der mutigen Geschlechtsgenossin beginnt. »Du hattest – als ein Vorbild dem Geschlecht – / Dich kühn von jener Kette losgerungen, / Die man gewaltsam, wider alles Recht / Einst deiner schwachen Jugend aufgedrungen.« Doch dann geht die Dichterin streng mit der Kollegin ins Gericht. Aston wisse nicht, was Liebe sei, wenn sie immer nur von Wollust schwärme und sogar die Sünde schön rede. »Ich liebte Dich und habe dich verehrt«, schrieb Spreu, doch »die edle Weiblichkeit« werde durch Astons Tiraden beleidigt, sie werde zum Spott, »denn vor *der* Sprache muss der Mann erröten«.

Louise hatte mit ›edler Weiblichkeit‹ längst abgeschlossen, und ihr wird es gefallen haben, auch den einen oder anderen männlichen Zeitgenossen durch ihre Verse und ihr Verhalten zum Erröten zu bringen. Emilie Spreu antwortete mit ihren Versen auf Astons Gedicht *Den Frauen,* das im *Freischärler* erschienen war. Es umfasst vier sechszeilige Strophen und spricht einen ingrimmigen Klartext. Aston will mit weiblichen Tugendbolden nichts mehr zu schaffen haben, ihr ist der ganze bigotte Seelenkrampf nur noch zuwider. Hier spricht die Anarchistin, die Louise auch war:

> Der Unschuld Lilien mögen euch umblühn,
> Das Rot der Scham auf euren Wangen glühn;
> Ich achte dennoch eure Tugend nicht,
> Verwerfe kühn Eu'r heiliges Gericht!
> Seid des Gesetzes Hort, der Sitte Rächer,
> Des frommen Glaubens treuer Genius!
> Es lebt ein heil'ger Geist auch im Verbrecher,
> Der Freie sündigt, weil er sünd'gen muss.

Zur Tragik oppositioneller und revolutionärer Bewegungen gehört, dass sie sich selten einig sind. Die Überzeugung, den richtigen Weg erkannt zu haben, die Begeisterung für die Idee des Neuanfangs – sie sitzen zu tief und fühlen sich zu verpflichtend an, als dass die kämpferischen Gemüter zu Kompromissen bereit wären. So zerfiel auch die Emanzipationsbewegung der Frauen während des 19. Jahrhunderts in Fraktionen, die nur schwer oder gar nicht miteinander auskamen. Die sogenannten bürgerlichen Frauen setzten auf Bildung und Wahlrecht, den proletarischen Streiterinnen lag mehr am gleichen Lohn, aber beide waren sich einig, wenn es darum ging, provokante Geister und Aktivistinnen wie Aston in die Schranken zu weisen. Fügte diese Amazone nicht der Sache der Frauen Schaden zu, wenn sie derart die Moral verhöhnte? Aston stand mit ihrer Propaganda der Tat, sofern es um die freie Liebe ging, ziemlich allein da. Nur gut, dass es noch George Sand gab.

Freie Liebe – das war indessen nur die halbe Emanzipation, das war Aston völlig klar. Wenn man die Romanfigur Alice von Rosen nicht nur als Alter Ego, sondern auch als programmatisches Ideal verstehen darf, dann machte die freie Tat in der Politik und im Krieg die andere Hälfte der Emanzipation aus. Alice ist eine Kämpferin, ja eine Kriegerin. Sie ist furchtlos, weiß die Waffe zu führen und erobert sich als Kurierin und *Postillion de la guerre* eine spezielle weibliche Kriegstauglichkeit. So kann man Astons Entschluss, sich dem Freikorps von der Tann anzuschließen und später mit Eduard Meier in den Krimkrieg zu ziehen, als Versuche interpretieren, die Emanzipation von männlicher Vorherrschaft gerade dadurch zu komplettieren, dass sie als Frau dorthin geht, wo Männer gewöhnlich unter sich bleiben und wo sie ihr Leben riskieren. Auch die Aneignung äußerer Zeichen freier Lebensführung, wie sie eigentlich nur den Männern zukommt, das Zechen, Rauchen und Kneipnamen-Führen, geht in diese Richtung. Was ihr könnt, liebe Männer, sagt ›Louis‹, kann ich schon lange, wagt nicht, über mich zu bestimmen. Diese Aufsässigkeit in Louises Wesen und Emanzipationsstrategie war es, mit der die seriösen Frauenrechtlerinnen nicht fertig wurden. Bot doch Aston durch ihre Aktionen ein Einfallstor für die besonders gefährliche und gefürchtete Attacke der verunsicherten Männergesellschaft sowie der beunruhigten Frauenmehrheit: die Preisgabe all der

Mühen und Härten des Kampfes um Gleichheit an den übelsten aller Pranger – den der Lächerlichkeit.

Germaine Goetzinger hat in ihrem verdienstvollen Band über Louise Aston einen spaßigen Bilderbogen mit parodistischem Text aus der Zeitschrift *Europa* aufgenommen; darin lässt ein fiktiver Herr Bullrig sein Eheweib Eulalie wissen, dass er nicht einverstanden sei mit ihrer Mitgliedschaft im Demokratischen Frauenclub: »Det unterstehste Dir, denn sollste mich kennenlernen.« Louise Aston wird auch kritisiert: »Det verloofene Weibsbild, die gern die George Sand spielen möchte, die mit de Mannskleeder und abgeschnittene Haare wie ne Verrückte rumlooft, sich in de Bierkneipen rumtreibt und in Schleswig-Holstein mang de Soldaten jeschlafen hat. Emanzipiert nennste das? Ja, det heeßt, von alle Weiblichkeit.« Folgt die Klage über die von Eheweib Eulalie vernachlässigte Hauswirtschaft, die bei allen Versuchen, die Frauenbewegung lächerlich zu machen, ihren Ort hat – was tief blicken lässt, denn den Verlust des belastbaren Dienstbolzens, den fürchteten die Männer aus dem Kleinbürgertum vor allem, wenn sie das Wort Emanzipation hörten. »Und bedenke«, schließt Bullrig, »det ihr Frauen bloß in der Näh- und in der Kinderstube zu regieren habt. Die Pulletick is Sache von uns Männer.«

Hohn und Spott für die ›Emancipierten‹, das war der Zeitgeist. Noch ein halbes Jahrhundert später zeigt ein Plakat gegen das Frauenstimmrecht einen schreienden Säugling neben einer umgekippten Wiege, dazu den Schriftzug: »Die Mutter treibt Politik. Frauenstimmrecht: Nein!« Die Zuständigkeiten waren verteilt, die Frauen in der Pflicht für die Familie, und Bilder glücklicher Kinder von Müttern, die Politik trieben, weitgehend außerhalb des menschlichen Vorstellungsvermögens. So wie die Welt beschaffen war – die Männer rastlos unterwegs und die Frauen geduldig drinnen im Heim –, war es gottgewollt und für immer, und wer daran rüttelte, war bestenfalls unfreiwillig komisch. Ein Rest von diesem Humor überlebt bis heute. Es war eine Menge Gedankenarbeit, es waren viele praktischen Versuche nötig, um die Geschlechterrollen und die damit verbundene Arbeitsteilung in Frage zu stellen und zu verändern. Louise Aston hat sich solche Gedanken gemacht, hat solche Versuche angestellt, aber relevante Teile der Gesellschaft waren nicht bereit, sie zu unterstützen und es ihr gleich zu tun. Dazu musste erst ein radikaler Wandel im Bereich der Geschlechterbilder stattfinden, und es dauerte noch hundert Jahre und mehr, bis es dazu kam. Die neuen Fragen hießen – und heißen: Wie, wenn es falsch wäre, weiter darauf zu bestehen, dass die Geschlechter durch unüberwindbare Unterschiede voneinander getrennt wären? Wie, wenn man einmal nachschaute, ob es nicht auch bedeutende Übereinstimmungen gäbe? Und ob die Unterschiede zwischen Mann und Frau letztlich keineswegs tiefgreifender seien als die zwischen zwei Individuen desselben Geschlechts?

Der kämpferische Demokrat Otto von Corvin, der nach der Niederschlagung des Badischen Aufstands ins amerikanische Exil ging, hat Louise Aston gekannt und überliefert, dass sie solche Gedanken hegte. »Von Vorurteilen habe ich bei der schönen Frau nichts entdecken können, und besonders hat man über ihren Mangel daran in Bezug auf den Umgang beider Geschlechter Anstoß genommen, so dass man ihr selbst die Erziehung ihres Kindes entzogen hat. Louise Aston sagt: es sei gemein, ewig diesen Unterschied zwischen Mann und Frau hervorzuheben und durchaus ungerecht, auf den bloßen geschlechtlichen Unterschied Vorrechte zu begründen. Sie ist ein Apostel der freien Liebe und behauptet, dass eine Frau, die sich an jeden Mann hingibt, der sie begehrt, nicht verächtlicher ist als ein Mann, dem eine jede recht ist; und wie man keinen Mann verdammen könne, der nach dem Besitze eines schönen oder berühmten oder interessanten Weibes trachte, so könne man ebenso wenig eine Frau verdammen, die sich Männern hingibt, von denen sie sich Genuss verspricht.«

Astons Freund Bruno Bauer verstand sich als »absoluter Kritiker« – er gab die *Allgemeine Literaturzeitung* heraus, in der er seine Religionskritik und eine Theorie der »reinen Kritik« vorlegte. Karl Marx hat in seiner Schrift *Die heilige Familie* sehr polemisch auf Bauers Arbeiten geantwortet. Bauer sprach über die »Einsamkeit« des Kritikers, der es nun mal hinnehmen müsse, dass er, wenn er sich mit der Welt so radikal kritisch anlegte, es mit ihr auch verderben könne. »Ja, der Kritiker darf es nicht einmal wagen, sich persönlich in die Gesellschaft einzulassen; denn, sie auslachend, sich an ihre Gesetze nicht kehrend, und von ihr nicht verstanden, würde sein Betragen nur zu demjenigen ausarten, was gewöhnlich ›Unsinn machen‹ heißt.« Vom Unsinn-Machen ist es nur ein kleiner Schritt zum Skandal-Machen. Dass ihnen an mehr nicht gelegen sei, solche Unterstellungen mussten sich nicht nur die Junghegelianer anhören, sondern auch die ›Emancipierten‹, sofern sie ihren freien Lebensstil als praktische Kritik an den Verhältnissen verstanden wissen wollten, ihn also demonstrierten. »Die Praxis des Skandals«, so Wolfgang Eßbach, »hat der Berliner Gruppe eine zweifelhafte Berühmtheit eingebracht. Die Informationen über diese Skandale sind spärlich, aber was überliefert ist, gibt schon einen exemplarischen Eindruck. Ihre Differenz zu Außenstehenden lassen die Junghegelianer um Bruno Bauer hemmungslos all jene spüren, die sie besuchsweise aufsuchen. So Hoffmann von Fallersleben, der mit einigen Freunden und Bekannten die Gruppe besuchte: ›Als wir eintreten, finden wir die beiden, Bruno und Edgar, in einem unzurechnungsfähigen Zustande. Bei ihren rohen, gemeinen Äußerungen wird uns so unbehaglich, dass wir bald auswandern!‹ Skandalös für das protestantische Berlin war die unverfrorene Praxis, in Gruppen auszuschwärmen und Passanten direkt um Geld für alkoholische Getränke anzubetteln. Besonders entsetzt muss es die Zeitgenossen haben, dass an diesen Ausflügen auch Junghegelianerinnen teilnahmen, die sich zu diesem Zweck Männerkleidung angezogen hatten.«

Man erkennt ohne Schwierigkeiten Protestformen wieder, wie sie circa 120 Jahre später die Gammler, die Provos, die Hippies und die militanten Studenten wieder aufnahmen und fortführten. Und diesmal überraschte die Teilnahme vieler Studentinnen nicht.

Aston war zu ihrer Zeit in der Berliner Boheme ein Star. Es heißt, sie habe ihre Rolle und ihre Auftritte genossen, und dass man sie als Skandalnudel geschmäht hat, wird ihr wenig ausgemacht haben. Schwerer wogen die polizeilichen Konsequenzen: ihre Ausweisungen – es wurden viele im Lauf ihres Lebens – und der verlorene Sorgerechtsprozess um ihre Tochter Jenny. Was zu ihrer Zeit gefehlt hat und wohl auch fehlen musste, war der Schulterschluss mit einer größeren Anzahl aufgeschlossener Frauen. So stand Aston mit ihrer Emanzipation ziemlich allein da, so musste sie sich abfinden mit der Bauer'schen ›Einsamkeit des Kritikers‹, dem Unverstandensein. Und dennoch: Das Unsinn- und Skandal-Machen hat ihr gut getan.

In ihren Romanen und in ihren Gedichten kommt ihr Humor nicht so richtig zur Geltung, dafür stehen ihre Botschaft und ihr Bemühen um Seriosität zu sehr im Vordergrund. Man darf aber nicht vergessen, dass sie als gerade 30-Jährige ihre ersten Manuskripte in Druck gab und ihr keine Frist für eine Entwicklung ihres Talents blieb. Dass sie geschichtliche Kenntnisse hatte, zeigt sich immer wieder, so auch in ihrer Verteidigungsschrift gegen die erste Verweisung. Die eröffnet sie in der »Einleitung« schwungvoll mit einem historischem Rückblick, in dem eine fröhliche Ironie mitklingt. Einst sei es, in Zeiten des Faustrechts, selbstverständlich gewesen, dass Frauen auf Verehrung und Schutz rechnen konnten. Heute indessen:

»Wir Frauen, die wir das alte Recht verloren, verherrlicht zu werden in den süßesten Liedern und den blutigsten Kämpfen, am Minnehof und im Turnier, zu herrschen über die ideale Welt, wie die Himmelskörper über ihr Reich: Wir verlangen jetzt von der neuen Zeit ein neues Recht; nach dem versunkenen Glauben des Mittelalters Anteil an der Freiheit dieses Jahrhunderts; nach der zerrissenen Charte des Himmels einen Freibrief für die Erde!«

Louise Aston hatte das, was man Chuzpe nennt, sie hatte den Wagemut, in den Krieg zu ziehen, und sie hatte die Courage, vor aller Augen so zu leben, wie sie es wollte. Aber wer denkt, dass das alles sei, täuscht sich. Aston war eine belesene Frau, eine schreibende Frau, eine nachdenkliche Frau. Ihr Gedanke, dass die Unterschiede zwischen den Geschlechtern überschätzt würden und keine Privilegien begründen dürften, war zu ihrer Zeit revolutionär und ist heute Gegenstand und roter Faden der Gender-Forschung. Ihre Religionskritik, von Ludwig Feuerbach beeinflusst, arbeitet sich nicht nur an Verfehlungen des kirchlichen Herrschaftsapparates ab, sondern durchschaut die gesamte Machination: dass die Menschen gezwungen waren, sich das Paradies zu denken, um ihren Anspruch auf Glück zu retten, denn auf Erden gab es zu viel Unterdrückung, Not und Gewalt. Wäre es nicht besser, gegen Unterdrückung, Not und Gewalt aufzustehen, anstatt zu beten und Choräle zu singen? Seit der Neuzeit, meint sie, sei der Glaube im Grunde erledigt. Es sind die Frauen, die ihn noch suchen und von denen auch verlangt wird, ihn zu bezeugen und zu praktizieren, weil sie als das abhängige Geschlecht zu wenig Aussicht auf Glück im Diesseits haben. Also beginnt ihre Emanzipation damit, dass sie erkennen: die ›Charte des Himmels‹ ist zerrissen, auch für sie. Dass sie überall daran gehindert werden, die Säkularisierung auch ihres Schicksals einzusehen, ist nur ein Reflex ihrer Unterdrückung. Man hält sie dumm, man orientiert sie auf ein nebulöses Jenseits, um so ihren Gehorsam besser abrufen zu können. Dabei ist etwas ganz anderes erfordert: »Der Freibrief für die Erde!« Das ist in etwa Astons Emanzipationsphilosophie, und sie geht weit über ihren Jux am *épater les Bourgois* hinaus. Sie verlangt neben der rechtlichen auch die geistige Emanzipation der Frauen – sowie der Männer, die sich ihre Moral und ihre Glücksvorstellungen nicht mehr von der Kirche zensieren lassen dürfen. Die erotische Emanzipation ist nur ein Reflex dieser Befreiung, sie steht nicht im Zentrum von Astons theoretischen Ideen und strategischen Absichten. Aber sie gehört dazu, und wer sie erfährt, ahnt mehr von der Schönheit des Lebens und der Größe der Natur als alle Betschwestern zusammen.

Astons Bestehen auf Glück im Diesseits weist nun noch in eine andere Richtung. Sie hat die Arbeiterklasse in Magdeburg persönlich kennengelernt und dabei vorausgesehen, dass der Konflikt zwischen Kapital und Arbeit schwerlich durch paternalistisches Entgegenkommen der »Geldtyrannen« gelöst werden könne, dass es zu Kämpfen kommen werde. Die besitzenden Bürger, »welche auf ihr Erbe so stolz sind wie die Herren von Gottes Gnaden auf das ihre und einen Despotismus *en miniature* ausüben, werden eine Revolution hervorrufen, welche den ganzen

Bau der Gesellschaft zusammenschüttelt«. Es ist die Emanzipation der Arbeiterklasse und – ganz wie bei Karl Marx, der gerade das *Kommunistische Manifest* herausgibt – die dahinter aufscheinende Emanzipation des Menschen, die sie im Auge hat. Emanzipation wovon? Da gibt es vieles, was die antiautoritäre Louise Aston aufzählen würde. An erster Stelle stünde die Emanzipation von der Neigung zum fraglosen Gehorsam – sei es der Frau gegenüber dem Mann, des Arbeiters gegenüber dem Boss, des Bürgers gegenüber der Polizei, des Schäfchens gegenüber dem Pfarrer und des Untertanen gegenüber dem König.

Die Freischärlerin

»Heraus mit dem Freischärlerschwert des freien Wortes«

Es gab immer wieder mal Frauen, die es in den Krieg zog. Sie wollten kämpfen wie Männer, legten Wams und Hosen an und meldeten sich unter männlichen Namen vorzugsweise außerhalb der regulären Armeen, das heißt bei einem Freikorps. Am Widerstand gegen die napoleonische Besatzung deutscher Länder beteiligten sich etliche Frauen. Zu ihnen gehörte Eleonore Prochaska, die unter dem Namen August Renz in das Erste Jägerbatallion des Lützow'schen Freikorps eintrat und in der Schlacht fiel. Auch Anna Lühring war so eine Mutige; sie kämpfte in schwarzer Uniform bei den Lützower Jägern unter dem Namen Eduard Kruse, beteiligte sich an einigen Gefechten und kehrte unversehrt in ihre Heimatstadt Bremen zurück. Dort feierte man sie als Heldin. Mathilde Franziska Anneke unterstützte eine Generation später den Badischen Aufstand, nicht nur mit dem Wort, wie es ein Kamerad beschrieb: »Vor einer Legion ritt eine üppige Weibsperson, eine rote Feder auf dem Hecker-Hute, Brille auf der Nase, im roten Gürtel zwei Pistolen, an der Seite ein Schleppsäbel.« Diese Kriegerin wurde nicht gefeiert, sondern in die Emigration nach Amerika getrieben.

Louise Aston stand also in einer kleinen subversiven Tradition, als sie sich entschloss, zusammen mit ihrem Freund Gustav von Szczepansky in die Freischar des Kommandeurs Ludwig von der Tann einzutreten. Die vielen Freiwilligen, die sich den Bundestruppen unter General Wrangel sowie der frisch ausgehobenen schleswig-holsteinischen Armee zur Seite stellten, wollten dort im Norden für die Einheit Deutschlands kämpfen. Dänemark war drauf und dran, sich Schleswig einzuverleiben, und im Namen der ›op ewig ungedelten‹ Herzogtümer Schleswig und Holstein rückten dem dänischen Königreich nun deutsche Soldaten auf den Pelz. Der Konflikt zog sich über drei Jahre hin; am Ende musste Preußen trotz militärischer Überlegenheit abziehen. Dänemark konnte seine Expansionspläne aber auch nicht verwirklichen, Schleswig und Holstein bleiben ›ungedelt‹.

Als Louise im April 1848 gen Norden aufbricht, ist es dort gerade erst losgegangen. Sie beteiligt sich am Gefecht bei Altenhof und wird durch einen Streifschuss verletzt. Offiziell ist sie als Krankenschwester hinter der Front dabei, es sieht aber so aus, als habe sie auch die Feuerlinie nicht gescheut. Allerdings hat sie, anders als die Freischärlerinnen Prochaska und Lühring, ihre weibliche Identität nicht verleugnet – ja, sie hat womöglich, wie es die Erinnerung eines Mitkämpfers vor Altenhof anklingen lässt, Freude daran empfunden, »zwischen den Gruppen der Unsrigen einhergehend«, und zwar in einem »purpurroten Kleid«, die Blicke auf sich zu ziehen. Und wenn schon, kann man da sagen. Genauso wie die Lützower Jäger einst stolz waren auf ihre schwarze Uniform und ihre Waffe, war Louise stolz auf ihr rotes Kleid und ihren Erste-Hilfe-Koffer. »Diese

Dame«, berichtet jener Zeitgenosse, dessen Spott über Louises Liebesreigen im vorigen Kapitel zitiert worden ist, »hat in unserem Feldzug ein Stück ihrer ›Wilden Rosen‹ ins Praktische übersetzt. Als einzige weibliche Erscheinung unter Tausenden wilder Krieger wusste sie die allgemeine Aufmerksamkeit zu fesseln.« Dass sie als Krankenschwester gute Arbeit leistete, betonen alle, die sie in Tagebüchern oder Zeitschriftenartikeln erwähnen, auch dieser ihr sonst nicht allzu gewogene Autor der Zeitschrift *Die Grenzboten.* »Sie nahm sich mit der größten Aufopferung und *sans gène* der Pflege der Verwundeten an, und das verdient volle Anerkennung.«

Es ging ordentlich zur Sache in diesen Apriltagen des Jahres 1848. Nach der Osterschlacht bei Schleswig wurden die Dänen zurückgedrängt, danach ihre Düppeler Schanzen gestürmt, und schon stand die deutsche Armee vor Kolding und Fridericia. Wir wissen nicht genau, wo Louise überall im Einsatz war, nur dass sie im Juni wieder nach Berlin ging. Das Waffenstillstandsabkommen von Malmö hatte erst einmal für eine Unterbrechung gesorgt. Die Freikorps – ohnehin bei der regulären königstreuen Armee verhasst – durften sich zerstreuen. Wann und wo während dieses Feldzugs Louise ihren zukünftigen zweiten Mann Eduard Meier, der als Lazarettarzt vor Ort war, kennengelernt hat, muss offen bleiben. Der Ärmste hatte während der Kämpfe ein Bein verloren, und Louise soll ihm anerboten haben, in Zukunft für ihn mit zu laufen und zu springen. Meier setzte sich für dieselben Ideale ein wie sie, er war ein Demokrat, ein

Verfechter der deutschen Einheit, ein Mann des freien Wortes. 1849 stoßen wir auf Louises Spur in Bremen, der Stadt Meiers, der Doktor ist dort als Klinikchef im Gespräch.

Warum der Schleswig-Holstein-Feldzug für die Revolutionäre des März so wichtig war, muss kurz erklärt werden. Zu jener Zeit tagte die Nationalversammlung in der Paulskirche, die deutsche Einheit war der zentrale Programmpunkt. Man wollte die Kleinstaaterei überwinden, die »Nation« stand hoch im Kurs. Einheit aber hieß: Wenn ein Teil Deutschlands bedroht war, so eilte der Rest der Nation zur Hilfe, anstatt dass der bedrohte Teil – hier Schleswig – sich an 34 Kleinstaaten mit ihren Partikularinteressen wenden musste, um Unterstützung zu erlangen. So fühlten sich denn auch die aus aller Herren Länder zusammengewürfelten Freischaren als Kämpfer aus der Zukunft. Sie wollten schon vorwegnehmen, wofür sie kämpften: eine einheitliche deutsche Truppe, nicht mehr eine wechselnde Ansammlung sächsischer, bayrischer, badensischer und anderer Einheiten. Hinzu kam, dass die Abgeordneten der Paulskirchenversammlung die Gelegenheit ergriffen, als Vertreter der Nation bei militärischen Fragen mit zu entscheiden, während die ihren Landesfürsten ergebenen Generäle, etwa der preußische Generalfeldmarschall Friedrich von Wrangel, der Demokratie- und Einheitsbewegung ablehnend gegenüberstanden und sich von der Paulskirche nichts sagen lassen wollten. Die preußischen Generäle und Diplomaten waren es, die schließlich einer Kompromisslösung in der Schleswig-Holstein-Frage zustimmten, anstatt, wie es der Nationalversammlung anfangs vorschwebte, tapfer im Norden für die Einheit zu kämpfen. Das war ein klares Signal, dass die Konterrevolution gesiegt hatte, und der Einfluss der Paulskirche, die sich schließlich geschlagen gab und aus der Perspektive Astons Verrat übte, schwand.

Dies ist eine vergröbernde Darstellung, die in etwa das widerspiegelt, was seinerzeit in den Köpfen der Kriegsfreiwilligen vor sich ging. Die Gesamtsituation war weitaus komplizierter. Die dänischen Annexionspläne stammten nicht etwa von stockkonservativen Militärs, sondern von der dänischen demokratisch-liberalen Nationalbewegung, also von denselben politischen Kräften, denen Aston in Deutschland nahe stand. Schleswig war, obzwar mit Holstein, das zum deutschen Bund gehörte, verbunden, seit alters von Dänemark aus verwaltet worden. Damit war es, wenn man das so sagen kann, halb dänisch. Der Versuch der deutschen Truppen, Schleswig in den deutschen Bund herüberzuziehen, konnte ebenso gut als Annexion eingestuft werden wie das entsprechende Verhalten der Dänen. Deshalb schritten die Großmächte England und Russland schließlich ein und stoppten Preußen. Aber diese Details müssen wir hier außer Acht lassen – zumal die Freikorpskämpfer und Aston das auch taten.

Louise war nicht einfach nur aus Abenteuerlust in den Krieg gezogen oder um ihrem draufgängerischem Freund Gustav von Szczepansky nahe zu sein, sondern um sich da zu bewähren, wo es im Sinne der Revolution wirklich um etwas ging. Ihre Enttäuschung, als sich mit dem Waffenstillstand ein Kompromiss abzeichnete, muss sehr tief gegangen sein. Und sie dachte darüber nach, wo sie ein Forum finden könne, um sich öffentlich zum Stand der Dinge zu äußern und ihrem Zorn und ihrer Frustration Luft zu verschaffen. Was ihr dazu einfiel, war die Gründung einer neuen Zeitschrift *Der Freischärler. Für Kunst und soziales Leben.* Die Redaktion ist klein, der schon erwähnte Karl Frenzel gehört zu ihr, ferner ein Herr Hirsemenzel. Die Autoren benutzen Pseudonyme oder Kürzel, ihre häufig radikalen Statements können sie sehr schnell bei der Gedankenpolizei in Misskredit bringen. Es handelt sich um eine Kulturzeitschrift mit starken politischen Akzenten. Gedichte werden gedruckt, Rezensionen, Essays, Reportagen und immer wieder Kommentare zur Lage im Norden. Der Verrat der regulären Truppen im Schleswig-Holstein-Krieg wird ebenso heftig gegeißelt wie die Person des Generals von Wrangel. Den alten Haudegen hat sich Aston als eine Art Lieblingsfeind auserkoren, und sie hat für ihn dieses Gedicht verfasst:

Wrangels Monolog bei seinem Einzug in Berlin

Barrikaden? – Meinetwegen!
Mögen sie sie tausendfach
In und um die Straßen legen:
Will sie halten schon in Schach!
Aber Blätter?
Donnerwetter!
Keine Feder soll sich regen!
Sprach's und schlug sich an den Degen.

Der General war wegen seiner geringen Schulbildung öfter Zielscheibe des Spottes, und man kann sich gut vorstellen, wie die wortgewandte Louise, die jetzt auch noch Kriegserfahrungen gesammelt hatte, ihre Freude daran fand, sich mit ihm anzulegen – auf Augenhöhe, denn den Mut des Soldaten hatte sie auch bewiesen. Und mit einem Gefühl des Stolzes, denn denken und reimen konnte sie besser. Das Gedicht stellt Wrangel bloß: Vor Barrikaden hat er keine Angst, da braucht er nur drauflos zu ballern. Aber Blätter? Zeitungen, Diskurse, Debatten? Davor hat er Angst, denn da kommt er nicht mit. Aston wähnt sich *à la longue* am längeren Hebel, sie vermag die Feder zu führen, Wrangel bloß eine Truppe. Einstweilen aber kann die primitive Macht der Soldateska die Macht der Feder knebeln. Dafür steht Wrangel mit seinem Degen. Die Zensur wird schon bald wieder verschärft. Die denkenden und schreibenden Kämpfer für die Demokratie müssen sich sputen und tarnen. Louise befindet sich eh im Visier der Polizei. So kann sie ihre Polemiken und Gedichte im *Freischärler* ruhig mit ihrem Namen zeichnen.

Mit dem schon auszugsweise zitierten Gedicht *An die Frauen* rechtfertigt sich Aston in ihrer Zeitschrift gegenüber ihren Geschlechtsgenossinnen, die, wie sie findet, bei ihren Emanzipationsbestrebungen auf halbem Wege stehen bleiben. Ihre Polemik gegen den ›Demokratischen Frauenclub‹, der sich offenbar von ihrer Radikalität abgegrenzt hat, will sagen, die weibliche Tugend und den rechten Christenglauben in ein neues Zeitalter der Freiheit hinüberretten will, klingt so:

»Wer wagt es jetzt noch, aufzutreten und von der Emanzipation der Frauen zu reden – jetzt wissen wir ja, was diese geheimnisvolle Idee in sich birgt, an der unser Jahrhundert so grausam laboriert hat, jetzt kennen wir den Kern dieses Mysteriums, dessen Lösung den Zeitgeist bisher so gewaltige und dennoch vergebliche Anstrengungen gekostet hat, jetzt sind wir völlig klar über den Sinn dieses modernen Abrakadabra: Merkt auf, ihr Jünger und Jüngerinnen der ›Selbstständigkeit des Herzens‹: Weltachtung und Gottvertrauen – das ist des Pudels Kern.«

Von Weltachtung und Gottvertrauen müsse sich die wahre Emanzipation befreien, meint Louise. Wenn Weltachtung die Anerkennung der gegebenen Verhältnisse bedeutet, die eben grade keine Achtung, sondern den Umsturz brauchen, so haben diese palavernden Weiber leider nichts begriffen. Mit dem Gottvertrauen verhält es sich entsprechend. Wenn dieses Wort mehr sein soll als eine Phrase, dann zeigt sich darin, dass die Clubistinnen die wichtigste Aufforderung, die in der Emanzipation steckt, verkannt haben: selbst zu denken, anstatt ihre Gedanken und Wertungen einer höheren Instanz zur Prüfung zu überlassen.

Aston ist nur noch wütend. Sie hat keine Geduld mehr mit »Suppenanstalten und Frauenhemdenverfertigungsmanufaktursubskriptionseröffnungen«, sie brüllt:

»Ich will mich nicht beherrschen; ich will nicht freundliche Grimassen schneiden, wenn mir die Brust von Zorn schwillt. Darum heraus mit dem Freischärlerschwert des freien Wortes; und fahre es zischend unter die heuchlerische Brut, welche mit erhabenen Ideen kokettiert, ohne sie zu begreifen, welche die ernsten Gedanken des leidenden, blutenden Jahrhunderts mit ihren seichten Trivialitäten besudelt.«

Einmal noch argumentiert sie im Sinne ihrer Gegnerinnen, versucht, deren Maxime so zu interpretieren, dass sie höchsten Ansprüchen an die Emanzipation gerecht wird:

»Aber vielleicht wird man mir den Vorwurf machen, dass ich die Gedanken absichtlich von der trivialen Seite auffasste. Gottvertrauen – wird man vielleicht sagen – kann in der Vorstellung der Neuzeit das Vertrauen des Menschen in seine eigene göttliche Natur heißen und Weltachtung – wird man ferner sagen – die Achtung bedeuten, welche man der Welt durch die eigene Selbstständigkeit abzwingt, die das Bewusstsein der sittlich freien Würde erzeugt.«

Aber dann verwirft sie diese Version. In der »eklatanten Oberflächlichkeit« (gemeint ist die Losung ›Weltachtung und Gottvertrauen‹) gebe es keine Gedankentiefe. »Ihr werdet vergebens suchen.«

Es lohnt sich, der Polemikerin Aston, so wie sie im *Freischärler* auftritt, besondere Aufmerksamkeit zu widmen, um die ganze Bandbreite und Reichweite ihres Ehrgeizes und ihrer Absichten zu erkennen. Allzu leicht wird diese freie Radikale wegen ihrer exzentrischen Performance auf den Straßen Berlins und wegen der sentimentalen Passagen in ihren Romanen als bloßer Anarchoclown abgetan, als Emanzipierte der Pose, der Attitüde, die doch letztlich ein Weibchen geblieben sei. So macht Ruth-Ellen Boetcher Joeres den

Fehler, in ihrem Buch *Respectabilitiy and Deviance. 19th Century German Woman Writers and the Ambiguity of Representation* von Astons literarischen Frauengestalten auf eine halbierte Revolutionärin zu schließen, die im Herzen doch dem veralteten Frauenbild verhaftet geblieben sei. Sie spricht von Ambivalenz, deren Reste sich natürlich bei allen öffentlich streitenden Frauen des 19. Jahrhunderts finden. Mit Sicherheit gehört gerade Aston zu den wenigen, die in Wort, Tat und Lebensführung bis an alle Grenzen gingen.

Revolution und Konterrevolution ist – im Gegensatz zu Astons ersten beiden Prosawerken – ein politischer und ein Abenteuer-Roman. Und er beansprucht, mehr zu bieten als wohlfeile Fiktion. Aston möchte auch Reporterin sein und unbekannte Fakten beisteuern. Ob je ein Historiker versucht hat, aus diesem Buch einige der quasi-dokumentarischen Szenen für ein getreues Bild des März 1848 zu nutzen? Man muss zugeben, dass die Lektüre dazu nicht ermuntert; der fiktionale Überhang, unter dem sich historische Tatsachen verbergen mögen, ist sehr groß. *Revolution und Konterrevolution* ist zwar ein politischer Roman, aber in erster Linie ein Roman, der weggeschmökert werden will. Und was in *Aus dem Leben einer Frau* und *Lydia* die Fast-Vergewaltigung ist, das ist in *Revolution und Konterrevolution* der Verrat.

Aston hat allerdings der Geheimbündelei nicht nur als Roman-Motiv, sondern auch als Faktor in der Realität große Wirkung zugetraut. Der Doppelagent ist eine wichtige Figur in diesem Buch, Absprachen hinter verschlossenen Türen, konspirative Treffen,

Losungsworte, verschlüsselte Codes und mittendrin die verwegene Alice von Rosen, entschlossene Freischärlerin auf den Spuren einer Anna Lühring, will sagen, unerkannt in männlicher Verkleidung zwischen den Linien wechselnd – all das liest sich spannend, ist aber auch, so glaubt Aston, in der Wirklichkeit entscheidend für den Kriegsverlauf. In der Vorrede zum Roman erklärt sie: »Die folgenden Blätter führen dem Leser Skizzen aus dem Revolutionsdrama des Jahres 1848 vor. Ich übergebe sie der Öffentlichkeit, weil dadurch vielleicht hie und da eine kleine Lücke in dem Intrigennetz der Konterrevolution ausgefüllt wird.«

Das Intrigennetz, welches Aston im Roman aus Tatsachen und Erfindungen webt, ist derart undurchdringlich, dass die Autorin wohl am Ende selbst nicht mehr genau gewusst hat, wer hier wen hintergeht, in die Irre führt und schließlich verrät. Was ihr aber gut gelingt, ist die Charakteristik ihrer Hauptfigur, der wackeren Alice, die durch alle Vorstellungen, scheinbare Anpassung und Camouflage hindurch sich stets im Dienste ihrer revolutionären Überzeugungen bewegt. Worum es letztendlich geht, das ist die Sache der Freiheit. Dafür darf man auch mal eine Maske tragen und vom Pfade der Legalität abweichen. Hauptsache, das revolutionäre Ziel bleibt im Fokus.

Der Roman, circa 200 Seiten lang, gliedert sich in drei ›Bücher‹. Im dritten Buch treffen wir Alice mitten im Schleswig-Holsteinischen Krieg, nahe der Insel Alsen. Der zwielichtige Gilbert, aus den vorherigen Büchern und auch als »Chevalier« bekannt, plant ein landesweites Unternehmen, das der Sache der Freiheitskämpfer schaden könnte. Nach einer klandestinen Unterredung mit einem Kapitän – »geheime Instruktionen« werden ausgetauscht – verlässt Gilbert die Küste, nicht ahnend, dass er belauscht worden ist. Und er hat sein Fernrohr im Gebüsch liegen lassen.

»Als seine Schritte verhallt waren, bewegte sich das Gebüsch hinter dem Steine und ein menschlicher Kopf zeigte sich. – Sie sind fort!, sagte eine weiche Stimme. Bald darauf trat ein noch ganz junger Mann in der grünen Uniform eines Berliner Freischärlers heraus. – Halunken Ihr!, sagte er, drohend die kleine Faust erhebend, ich werde Euer Teufelsgebräu Euch versalzen. Traurig ließ er den Kopf sinken und setzte sich hart an das Meer. – Also auch dies Blut soll umsonst geflossen sein?, sagte er vor sich hin. Es war wiederum nur ein Wahn, der uns hierhin trieb, für die Größe, Einheit und Freiheit Deutschlands in den Kampf und Tod zu gehen? Fluch über die Erbärmlichen, die am grünen Tische durch meineidigen Verrat die Fesseln aneinander schmieden, mit denen sie aufs Neue die deutschen Stämme in Banden schlagen wollen! Doppelten Fluch aber über die Verräter in der Paulskirche, die das Volk hingesandt, sein Recht gegen die Ränke der Fürsten zu verteidigen, und die nun ruhig zusehen, wie man dies Recht mit Füßen tritt und die Sehnsucht Deutschlands nach Freiheit verhöhnt. Aber die Rache des Volkes wird Euch alle ereilen. Er erhob sich. Sein Fuß stieß an einen Gegenstand. Er bückte sich. Es war das Fernrohr des Chevalier. –

Das soll mir eine Erinnerung an diese Stunde sein, sagte er, es einsteckend. Da nahten aufs Neue Tritte. Es war der Chevalier, der sein Fernrohr vermisste und zurückgekehrt war, es zu suchen. – He, was ist das?! Dieser Ausruf galt dem jungen Manne, welcher plötzlich vor dem vor Schreck Erstarrten stand. Doch nur einige Sekunden dauerte der Eindruck, dann hatte der Chevalier sich gefasst. Mit der linken Hand griff er rasch nach der Brust des Knaben, während die Rechte in dem Brustlatz seiner Blouse etwas zu suchen schien. – Wer bist Du? Was suchst Du hier?, donnerte er den Knaben an, welcher von seinem Zorn durchaus nicht bewegt schien, sondern ruhig stehen blieb. – Ich suchte und fand einen Verräter am Vaterlande, erwiderte jener kalt. Beim ersten Laute schon war der Chevalier einige Schritte zurückgetreten. – Alice!, sagte er mit zitternder Stimme. – Elender Meineidiger! fragte mit dem Tone schmerzlicher Verachtung das bleiche Weib, hast Du wohl auch überlegt, was Du beginnst? Wird Deine feige Seele den Gedanken, ein Herostrat an dem Freiheitstempel Deutschlands gewesen zu sein, ertragen? – Du hast also gelauscht? Alice!«

Es gibt später eine Szene, in der Alice den General Wrangel aufsucht und ihm mit ähnlicher Souveränität begegnet wie hier dem Chevalier. Gilbert ist es, der außer Fassung gerät, Alice, die über dessen plötzliches Erscheinen ebenfalls erschrocken hätte sein können, bleibt vollkommen gelassen. So auch beim General. Der Befehlshaber weiß nicht recht, wie es weitergehen soll, aber Alice ist im Bilde. Sie ahnt, was Wrangel denkt und sagt: »Ich glaube nicht, General! – Was glauben Sie nicht? – Dass der Däne den Hafen forcieren wird. – Und woraus schließen Sie das? – Der Captain hat eine geheime Instruktion, die es ihm verbietet. – Eine geheime Instruktion, von der Sie Kenntnis haben?, fragte er ungläubig lächelnd. – So ist's, General. Man trifft Vorbereitungen zu einem Waffenstillstand.«

Louises Traum und Ziel, einmal »als Weib« oben zu stehen und die Männer abkanzeln zu können, sie abhängig zu wissen, im Besitz der besseren Information die Lage zu regieren und daher über den strategischen Vorteil selbst zu verfügen – sie verwirklichen sich hier in der Literatur. Die Macht, die Frauen immer besitzen, die ihnen immer zugesprochen wird und deren Festigung sie anstreben: ihre erotische Anziehungskraft und ihre Mütterlichkeit, auf die kommt es hier nicht mehr an. In *Lydia* hat Alice noch verkündet: »Das Glück der Frauen ist die Liebe«, um den irritierenden Satz: »Das Glück der Liebe ist die Freiheit« folgen zu lassen. Jetzt aber hat sie sich vom angestammten weiblichen Reich der Gefühle, der Erotik und der Familie entfernt. Alice ist zwar immer noch attraktiv, aber das ist eher eine Randbedingung. Sie ist nunmehr vor allem eine leidenschaftliche Kämpferin und eine überlegene Strategin. Gilbert muss sich von ihr verurteilen lassen. Er kann, »mit zitternder Stimme«, nur noch stammeln: »Alice«. Der General ist auf ihre Kenntnis der Lage, die sie durch Geschick und Mut erworben hat, angewiesen. Die Freischärlerin weiß von der »geheimen Instruktion«, der Feldherr nicht. »Deshalb bin ich gekommen, um Ihnen zu sagen, dass das Ganze eine abgekartete Verräterei ist. – Das Erstaunen des Generals wuchs.« Und in diesem Moment, wo Alice nicht nur die Achtung, sondern sogar die Bewunderung des Generals gewonnen hat, holt sie noch einmal aus und traut sich, dem mächtigen Mann ins Gewissen zu reden: »Denken Sie daran, General, dass Sie die höchste militärische Ehrenstelle in Deutschland bekleiden, Sie das Oberkommando der deutschen Reichstruppen inne haben. Wollen Sie Deutschlands Ehre, Deutschlands Freiheit den separatistischen Gelüsten der Fürsten, die Sympathien des ganzen Volkes den absolutistischen Intrigen weniger Dutzend Diplomaten zum Opfer bringen? Ich bin eine Frau, General, aber ich würde eher mein Leben hingeben, als diese Verantwortlichkeit auf mich zu nehmen! – Ich werde die heutige Nacht nicht vergessen, sagte der General, sichtlich bewegt.«

Wenn ein Mann zu einer Frau sagt, er werde die Nacht nicht vergessen, so ist normalerweise etwas ganz anderes gemeint als das, was sich eben zwischen Friedrich von Wrangel und Alice von Rosen abgespielt hat. Aston setzt diese Pointe ganz bewusst. Hier hat die wichtigste ihrer Frauengestalten die letzten Weibchen-Attitüden abgestreift. Als Freischärlerin ist die Heldin ihren Kameraden und Vorgesetzten aus dem Subsystem Militär nicht nur gleichberechtigt – sie ist überlegen. Dafür muss sie nicht nur reiten und schießen können – Aston selbst war eine verwegene Reiterin –, sondern vor allem auf der richtigen, auf der ›guten‹ Seite stehen. Es ist letztlich ihre überlegene

Moral, ihre Unbeirrbarkeit, was die Kriegsziele angeht, die Alice ihren Vorrang sichert. Übrigens ist auch Ralph, der junge Berliner Arbeiterführer aus dem ersten Buch, vor Dänemark dabei.

Ihre Rolle bei der Freischar, das Leben mit den Soldaten, das Louise Aston für etliche Wochen geteilt hat, war eine Zäsur in der Vita der Schriftstellerin. Sie hat hier noch einmal erfahren, wie weit das bürgerliche weibliche Dasein von den Realitäten härterer männlicher Existenzen entfernt ist, wie fordernd die Politik, der Kampf auf den Barrikaden und der Krieg gegen eine fremde Macht sein können. Jetzt musste sie ihr Alter Ego Alice aus den Salons heraus an die Front führen. Das ist ihr gut gelungen. Alice gewinnt Statur, wenn auch ihren Coups und Tricks und geheimen Missionen immer ein Hauch von Operette anhaftet. Diese Spielereien waren Kalkül im Hinblick auf die Auflage, aber sie gefielen Louise auch. Doch insofern wir anhand von Astons Romanschaffen ihrer persönlichen Entwicklung nachspüren dürfen, können wir sagen: Sie ist immer weiter gegangen. Nach der Emanzipation von Alice in *Lydia,* die das traditionelle Frauenbild nur im Hinblick auf die Ehefessel negiert und sich an der Libertinage des Adels orientiert, kommt mit dem Eintritt in das Freikorps so etwas wie Gleichstellung zum Ausdruck. Die Frau erobert sich eine unerhörte Weltberührung: Sie zieht an ferne Grenzen, bewaffnet sich, befleißigt sich der Spionage im Dienste der guten Sache, konferiert auf Augenhöhe mit hochrangigen Militärpersonen. Zwar ist sie eine Ausnahme, aber sie ist auch eine Vorreiterin.

Das Freischar-Abenteuer und die große Enttäuschung nach dem Verrat der zum Waffenstillstand entschlossenen Parteien bestimmen Astons Lebensgefühl für den Rest des Jahres 1848 und darüber hinaus. So heißt die Zeitschrift, die sie in Berlin gründet, *Der Freischärler,* und ihr letztes Werk, ein Gedichtband, den sie 1850 in Druck gibt, *Freischärler-Reminiszenzen.* Vielleicht hatte Aston anfangs eine romantische Vorstellung vom Leben in einer militärischen Einheit, die wird ihr aber spätestens bei der Pflege der verwundeten Kameraden vergangen sein. Die Freikorps sind nach ihrer Auflösung für sie ein Symbol und ein Fanal geblieben. Das bedeutete für sie als Frau die Freiheit, körperlichen Mut unter Beweis zu stellen, war für sie als Bürgerin ein Medium, um für eine bessere Zukunft – die Einheit Deutschlands – zu streiten, und als Schriftstellerin die Chance, literarisch verwertbare Erfahrungen zu sammeln. Auch die Intellektuelle, die sie immer war, konnte der Freischar-Idee etwas abgewinnen. Denn Aston gehörte zu den aufgeklärten Köpfen, die forderten, man müsse den Worten Taten folgen lassen. Versammlungen, Clubs, Parlamente und Resolutionen waren gut und schön, aber nicht genug. Mit dem Eintritt in die Freischar hatte Aston den entscheidenden Schritt in die Praxis getan – es lag nicht an ihr, dass sie und ihre Mitkämpfer auf halbem Wege hatten kehrt machen müssen.

Neun der zwölf Gedichte, die in den *Freischärler-Reminiszenzen* versammelt sind, hatte Aston zuvor in ihrer Zeitschrift schon veröffentlicht. Während sie in den *Wilden Rosen,* ihrem Erstling, den Akzent auf die Freiheit der Liebe legte, verschiebt sie ihn in den *Reminiszenzen* auf die politische Freiheit. Sieben Gedichte aus dem Band sind sogenannte politische Tendenzlyrik, sie wollen einen bestimmten Standpunkt erläutern oder eine Agenda verkündigen oder einfach, wie das schon angesprochene Gedicht *Den Mördern Robert Blums,* das Publikum mit einem Racheschwur aufschrecken. Das feministische Emanzipationsprogramm tritt in den Hintergrund. Aston äußert sich nicht mehr als Frau, sondern als Geist der Revolution.

In Berlin agierten derweil Revolution und Konterrevolution sozusagen parallel. Die preußische Nationalversammlung (nicht zu verwechseln mit der Paulskirche, deren Abgeordnete die gesamte Nation repräsentieren sollten) versuchte die März-Errungenschaften – Parlament, Verfassung, Aufhebung der Zensur – zu retten, während die Konterrevolution unter Friedrich Wilhelm IV. in die Gegenrichtung steuerte. Der König verlegte die Nationalversammlung per Dekret nach Brandenburg, diese aber gehorchte nicht, blieb in Berlin und tagte dort weiter. Die Arbeiter verlangten ihren Anteil an der Bürgerwehr, sprich Volksbewaffnung, die Lage wurde brenzlig für den König. Nach dem Fall Wiens im Oktober verspürte er indessen frischen Mut und wiederholte seinen Lieblingssatz: »Gegen Demokraten helfen nur Soldaten.« Er berief General Wrangel zurück nach Berlin, der dort am 12. November den Belagerungszustand verkündete. Das Volk demonstrierte auf den Straßen.

Louise Astons Gedicht *Berlin am Abende des 12. Novembers 1848* versucht, diesen Moment des Hoffens und Bangens, des Ahnens und Fürchtens und der hilflosen, heillosen Wut in Verse zu bringen:

Wilde kriegerische Klänge
Tönen in die Nacht hinaus,
Schweigend harrt des Volkes Menge
Vor dem königlichen Haus;
Manches Auge blitzt in Tränen,
Manche Faust ist wutgeballt;
Ob der frevelnden Gewalt
Knirschen Kinder mit den Zähnen.
Glimm'! o glimm,
Heiliger Grimm!

Bleiches Mondlicht strahlt hernieder
Auf die hassentbrannte Welt; –
's ist derselbe Mond, ihr Brüder,
Der die Märznacht einst erhellt;
Kommt es heut zum Kugelregen:
Hält der Tod sein Sichelfest,
Und dem letzten Überrest
Gibt das Fallbein seinen Segen. –
Noch ist von Groll
Das Maß nicht voll. –

Erst des Landes Stimme hören
Will der friedliche Konvent;
Bald wird sich das Land empören
gegen Wrangels Regiment;

Drum voran mit edlem Stolze,
Bannerträger in Berlin!
Mag der Thron in Flammen glühn!
Denn er ist von faulem Holze.
Freiheit und Glück
Gibt Republik!

Wenige Tage später wird das Kriegsrecht verhängt, die Bürgerwehr entwaffnet, das Parlament aufgelöst. Statt der Hoffnung auf Demokratie und Bürgerrechte regiert jetzt General Wrangel mit seiner Soldateska die Stadt.

Astons Gedicht redet nicht drum herum: Es sieht übel aus. »Des Volkes Menge« ist teils verzweifelt, teils voller Wut, und wenn die Gegenrevolution erst los tobt, wird der Tod seine Ernte einfahren. Doch in der dritten Strophe kehrt die Hoffnung zurück. Aston spürt es, sie weiß es: Historisch ist die absolute Monarchie erledigt. Es wird sie im Stillen amüsiert haben, dass Friedrich Wilhelm die ihm von der Paulskirche angebotene Kaiserkrone unter anderem deshalb abgelehnt hat, weil er auf den Zusatz »Von Gottes Gnaden« zu seinem Titel hätte verzichten müssen. Das kam für den protestantischen Monarchen nicht in Frage. Außerdem hätte dieser Krone der »Ludergeruch der Revolution« angehaftet. Für Aston gab es kein besseres Aroma. Sie war davon überzeugt, das sich nach der vollendeten Konterrevolution das Volk neu sammeln und »voran mit edlem Stolze« das Ancien Régime in Trümmer schlagen werde. Die Vorstellung ist ein wenig mechanisch, aber nicht völlig realitätsfern. »Die Zuversicht der Dichterin«, bemerkt Barbara Wimmer zu dieser dritten Strophe, »mag daran gelegen haben, dass Veränderung als historische Notwendigkeit akzeptiert war und zu diesem Zeitpunkt bereits der Legitimationsverlust des Absolutismus vollzogen war.«

Louise Aston kann nur sieben Ausgaben des *Freischärler* redigieren, die letzte erscheint am 16. Dezember 1848. Kurz darauf macht ihre erneute Ausweisung aus Berlin der *Zeitschrift für Kunst und soziales Leben* ein Ende. Aston legt Widerspruch gegen ihre Verweisung ein, kommt damit aber nicht durch und muss Berlin am 23. Dezember verlassen. Sie wendet sich nach Hamburg, wo sie auch nicht bleiben darf. Immerhin gibt es ja jetzt schon Eduard Meier in ihrem Leben. Und irgendwo muss sie ja den Roman *Revolution und Konterrevolution,* erschienen 1849 in Mannheim, geschrieben haben. Vielleicht hat sie bei Meier in Bremen die Muße dazu gefunden. Vielleicht aber sogar in Berlin, wohin sie im Jahre 1849 mit einem falschen Pass – er gehört Lucie Meier, der Schwester ihres Zukünftigen – zurückkehrt. Die Polizei sitzt ihr im Nacken, sie wird überwacht und verlässt schließlich 1850 Berlin als Lebensmittelpunkt für immer. Zuvor ist sie zwischen Rendsburg und München auf Reisen, Abstecher nach Breslau und Görlitz sind verbürgt, auch in Zürich hält sie sich auf. Ein Stempel in ihrem Pass weist Paris aus, und in Züllichau hat sie wahrscheinlich ihre Schwester Eulalia besucht. 1850 ist das Jahr ihrer zweiten Eheschließung. In Bremen kommt sie für eine Weile zur Ruhe, bevor die Wanderschaft ihrer letzten beiden Lebensjahrzehnte an der Seite Eduard Meiers beginnt.

Frauen und Militär – das war immer ein heikles Thema. Im Grunde ließ der Wehrstand keine Frauen zu. Er bildete eine exklusiv männliche Körperschaft, zu deren Ideologie es gehörte, dass sie dazu da sei, die Heimat mit den wehrlosen Frauen und Kindern gegen anrückende Feinde zu verteidigen. Das war aber nicht die ganze Geschichte. Selbst unverbesserliche Kampfhähne kamen auf die Dauer nicht ohne Frauen aus. Die wurden dann doch gebraucht, als Marketenderinnen, Krankenschwestern und Prostituierte. Also befand sich an den Rändern der kriegerischen Korporationen immer ein Tross von Frauen mit zum Teil zweifelhaftem Ruf. Da Frauen als Beute in besetzten Gebieten ohnehin den Siegern zustanden, nahm das Frauenbild der Soldaten häufig zweideutige Züge an. Die mitmenschliche Achtung ging verloren, eine verdinglichende Einstellung zur Frau herrschte vor.

Und noch immer ist die Geschichte nicht ganz erzählt. Wie schaute der weibliche Teil der Bevölkerung auf das Militär? Als starker Mann war der Soldat, insbesondere der Offizier, also der Befehlshaber, dessen quasi-natürliche Herkunft die Adelswelt war, bei Frauen beliebt, jedenfalls als Privatperson. Die Uniform wirkte erotisierend, besonders wenn von Lametta aufgewertet. Die Mädchen äugelten, wenn Soldaten vorüberzogen, und die Matronen träumten von einem Hauptmann als Schwiegersohn. Diese

Ehrfurcht vor dem Militär hat sich nach dem 20. Jahrhundert mit seinen Weltkriegen nicht in das neue Jahrtausend hinüberretten können, doch seinerzeit war sie beherrschend, in Preußen, dem Parvenu unter den Großmächten, allemal. Aber Frauen wollten nicht nur gerne einen Waffenträger heiraten, sie wollten, wenn auch in geringer Anzahl, gerne selber einer sein. Anna Lühring focht in den Befreiungskriegen als Kerl verkleidet an der Seite ihrer Freikorps-Kameraden – »Ja, das ist Lützows wilde, verwegene Jagd« – vor Jülich mit. Als ihr Vater, der sie suchen ließ, dahinterkam, dass sie zur Truppe gegangen war, wähnte er – etwas anderes konnte er sich nicht vorstellen – die Tochter abgesunken auf die verwerfliche Existenz einer Soldatenhure und musste eigens dazu überredet werden, ihr die Rückkehr ins Bremer Vaterhaus zu gewähren. Anders ihr Vorgesetzter beim Freikorps. Als dieser erfuhr, dass ein gewisser Lühring seine Tochter bei ihm suche und dass der Verdacht auf den Jäger Kruse falle, ließ er Anna zu sich rufen. Diese gab alles zu, und der Offizier versprach, sie bei der Aufrechterhaltung ihrer männlichen Identität zu unterstützen – so beeindruckt war er von ihrem Kampfesmut, den sie mehrfach unter Beweis gestellt hatte. Er verfügte sicherheitshalber, »den Jäger Kruse allein auf die Stube zu legen«.

Eine Ahnherrin aller weiblichen Kriegsteilnehmer ist Jeanne d'Arc, die Jungfrau von Orléans. Über diese wunderliche Erscheinung ist viel gerätselt worden, sie focht nicht nur gegen die Engländer, sondern auch gegen die Kirche, die sie schließlich heilig sprechen musste, um endlich Ruhe vor ihr zu haben. Aston hat Jeanne in ihrem Gedicht *An George Sand* erwähnt – als kämpferische Gestalt aus der Geschichte, die mit ihrer Königstreue jetzt nicht mehr *en vogue* sei; stattdessen müsse man den Lorbeerkranz einer anderen Tochter Frankreichs aufsetzen, der Dichterin Sand, dem »freien Weib«. »Doch all der Kampf, der in der Brust der Frauen / So schmerzensreich, doch zukunftsvoll, sich regt, / … / Du zaubertest sein mächtig Walten / In lebenskräftige Gestalten!«

In ihrem Widerstand gegen die kirchliche Dogmatik aber ist Louise der legendären Soldatin vom Beginn des 15. Jahrhundert näher als sie vielleicht ahnte. Es war die Geistlichkeit, die Jeanne vor Gericht gestellt, verdammt und zum Scheiterhaufen verurteilt hatte; dort starb sie 19-jährig. Einer der Hauptanklagepunkte: Sie habe Männerkleider getragen und sich militärische Kompetenz angemaßt. Letztlich steckte dahinter, dass die Kirche es nicht mit ansehen konnte, wie ein einzelner Mensch, und dann auch noch ein Mädchen, angeblich auf Geheiß von Heiligen, den König zum siegreichen Feldzug bewog und ihn zur Krönung führte. Wenn hier jemand mit Heiligen verhandelte, dann der Papst oder der Priester, aber doch nicht eine Bauerntochter. Interessant war die Kasuistik des mächtigen Herrschaftsapparates Kirche. Jeannes Prozess war ein Kirchenrechtsprozess, und angeklagt war sie der Apostasie, des Pakts mit dem Teufel. Nun gehörte es zu den Regularien des Kirchenrechts, vorauszusetzen, dass eine Weibsperson, die Jungfrau war, keinen Umgang mit dem Teufel gehabt haben konnte – das war wichtig in den allfälligen Hexenprozessen. Einzig über die Pfade der Wollust konnte es dem Bösen gelingen, über den Leib auch den Geist einer Frau zu besetzen. Hexen waren immer als sexuell erfahren gedacht. Jeanne wurde tatsächlich untersucht und als *virgo intacta* befunden. Das Kirchengericht aber, in dessen Fänge sie geraten war, setzte sich über diesen Umstand frech hinweg. ›Tut nichts, das Mädel wird verbrannt‹, werden sich die Eminenzen gedacht haben. Gnade gab es keine.

Die tiefe Ambivalenz, die sowohl die Truppe als auch die Kirche den Frauen und der Sexualität gegenüber an den Tag legten, hat Louise Aston genauestens heraus gespürt und ihre Provokationen just in die Zone dieser Ambivalenzen platziert. Sie sagte sich durch Scheidung und starke Sprüche – »Ich glaube nicht an Gott« – von der Amtskirche los, sie ging zum Militär, wenngleich nicht *under cover,* sondern als willkommene Pflegerin im Lazarett. Aber wer weiß, sie hatte ja Übung im Verkleiden und im Rollenspiel. Wenn sie ihre Alice von Rosen beschreibt, wie die in der grünen Uniform der Berliner Freiwilligen mit der Terzerole in der Tasche ihren Gegnern Angst macht, möchte man sich vorstellen, dass eigenes Erleben vorausgegangen sei. ›Lass uns doch mal sehen‹, wird sie gedacht haben, ›was dabei herauskommt, wenn ich als Frau mit der Kirche breche und mich den Soldaten anschließe. Wenn ich wie einst Jeanne d'Arc zwischen diesen beiden Männerdomänen meinen Platz behaupte.‹ Was herauskam war, dass das Gedächtnis ihres eigenen Jahrhunderts, starr vor Schreck, sich ihrer so rasch als möglich entledigte. Und dass sich 150 Jahre später das Gedächtnis des 21. Jahrhunderts umso intensiver auf sie bezieht. Wir werden sie nicht gleich heiligsprechen, wir wollen ja auch keine Ruhe haben vor ihrem Geist, im Gegenteil. Die Unruhe, die dieser Geist stiften kann, die brauchen wir.

Die Ausgewiesene

»Weil ich nicht heuchle, Exzellenz«

Berlin war Louise Astons Wahlheimat, hier hat sie in der Boheme um die Junghegelianer, ›die Freien‹ und die anderen diskussionsfreudigen Vormärzler entscheidende geistige Impulse empfangen, hier hat sie einen Teil ihres schriftstellerischen Werkes zu Papier gebracht und das eine oder andere Liebesabenteuer erlebt. Die wiederholten Ausweisungen aus der preußischen Metropole waren also eine harte Strafe für sie. Man muss wissen, dass solche Polizeimaßnahmen seinerzeit öfter vorkamen. Für die Obrigkeit waren sie einfach praktisch, wurde sie doch so einen Störenfried ohne aufwändigen Prozess los. Für die Betroffenen waren sie eine Gemeinheit, denn die hatten kaum Möglichkeiten, sich zur Wehr zu setzen. Für den Ruf eines Gemeinwesens, das solcherart auf kritische Stimmen reagierte, waren die Maßnahmen indessen nachteilig. Es stand, wie Preußen, als Polizeistaat da.

Astons Persönlichkeit und Temperament lassen es möglich erscheinen, dass sie an ihrem Ruch und Ruf als *persona non grata* auch Spaß hatte. Jedenfalls konnte ihr Status als unerwünschte Person ihre Spottlust und ihre antiautoritäre Grundhaltung nicht brechen. In ihrer 1848 gegründeten Zeitschrift *Der Freischärler* zieht sie noch einmal ordentlich vom Leder:

»Da liegt das verhängnisvolle Papier, worauf das moderne Schicksal – die Polizei – meine Ausweisung verfügt hat, und daneben eine alte Zeitung mit dem Frankfurter Beschluss: ›Die Grundrechte sind garantiert, darunter die deutsche Freizügigkeit‹ – Je nun! Es kommt stets darauf an, was man unter einer Sache versteht. Offenbar ist die deutsche Freizügigkeit bloß darin zu suchen, dass man überall hingehen, aber nicht bleiben darf, wo man will! Auch gut! Ich bin an diese Freizügigkeit gewöhnt. In dem Ausweisungsbefehl steht auch geschrieben, dass ich fortan in Gröningen wohnen soll, einem ganz winzigen Städtchen Sachsens, wohin die Erfindung der Buchdruckkunst noch nicht gedrungen. Weiß denn die hochlöbliche Polizei, die doch alles wissen muss, noch nicht, dass mein Freischärler ein gar flinker Junge ist, dem es auf einige Meilen Weges nicht ankommt und der sich unverdrossen selbst in der Ferne eine Druckerei sucht? Und wenn er manchmal wild geworden in diesen Zeiten der gesetzlichen Anarchie – war es etwa seine Schuld? Habt ihr ihn nicht so lange mit euren Bajonetten gereizt, bis sein Antlitz wie Blut so rot ward und sein jugendlicher Arm zu dem Schwerte griff, dass er sich im Kriege gegen die Dänen erobert? – Ich hege keinen Hass auf die Polizei, im Grunde ist sie es allein, der wir das Befreiungswerk der Völker zu verdanken haben; denn nur Druck erzeugt Gegendruck.«

Und Aston beweist einen guten Sinn für das Absurde, wenn sie die Polizeistaatlichkeit Preußens solcherart auf den Punkt bringt:

»Das Resultat meiner Forschungen ist ein sehr sonderbares: Die Ausweisungsmaßregel ist sich selbst Zweck. Der edle Mensch tut das Gute nur um des

Guten willen, der Künstler übt die Kunst nur um der Kunst willen, die Polizei weist aus nur um der Ausweisung willen. – Ihr fragt mich, ob ich gern in die Verbannung gehe? Ihre Nacht erhellt ein Blitzstrahl der Hoffnung.«

Wir befinden uns am Ende des Jahres 1848; *Der Freischärler,* um dessen Freimut willen die Herausgeberin erneut vertrieben wird, muss nach der siebten Ausgabe eingestellt werden. Louise hat ihren dritten Roman im Kopf, *Revolution und Konterrevolution,* der im Jahr darauf erscheinen wird; irgendwie schafft sie es, ihn während der unruhigen Folgemonate, in denen sie dauernd auf Reisen ist und noch zweimal mit falschem Pass in Berlin auftaucht, niederzuschreiben. Einmal besucht Aston noch Kolding, Kriegsschauplatz im preußisch-dänischem Konflikt. Vielleicht hatte sie dort Freunde gefunden, vielleicht wollte sie auch nur nachsehen, wie es der Stadt jetzt ging oder ihren Erinnerungen an selbst erlebte kriegerische Ereignisse nachhängen. Auch in Richtung Süden und Westen verließ sie Deutschland – nur um festzustellen, dass der Bann sie fast überall einholte. Schließlich besinnt sie sich auf ihren alten Gegenspieler, den General Wrangel. An ihn richtet sie von Bremen aus das Gesuch um einen Pass:

»General!

Als früherer Freischärler habe ich unter ihrem Oberkommando Subordination gelernt. Deshalb verließ ich Berlin, somit Preußen und ging über München nach der Schweiz. Aber die Fürsorge der preußischen Gesandtschaft gönnte mir in München nur wenige

Tage Frist, angeblich weil mir der Pass fehlte; dasselbe Schicksal traf mich in Zürich, nur noch mit dem Unterschiede, dass man in der freien Schweiz Kaution für meine Person verlangte. Da sehnte ich mich in der Republik zum ersten Mal in meinem Leben nach Preußen!

Die Nachricht von den preußischen Siegen in Jütland lockte mich nach dem Norden, um die Trümmer von Kolding zu sehen. Wiewohl es keine Trümmer von Kathargo, so ergriff mich doch eine ernste Stimmung. Ich ließ den Zeitgeist an mir vorüber gehen, und wunderbar! – da dachte ich an Berlin, an Sie, Exzellenz! und an die Notwendigkeit, mir einen Pass zu verschaffen. Um mich also kurz zu fassen, bezwecken diese Zeilen, Sie um die Ausfertigung einer schriftlichen Erlaubnis zu bitten, auf 24 Stunden Berlin besuchen zu dürfen, weil nur das Polizeipräsidium und die gesandtschaftliche Behörde in Berlin mir einen neuen Pass fürs In- und Ausland gewähren können. Ich erwarte Ihre bejahende Antwort in den nächsten Tagen. Sie, General, können sich am besten denken, wie einem ruhelosen fortstrebenden Geiste zu Mute ist, durch Hindernisse solcher Art an die Scholle gefesselt zu sein.

Mit Hochachtung,
Louise Aston geb. Hoche«

Nicht einmal Louises dezente Anspielung auf die Waffenbrüderschaft in Schleswig-Holstein beeindruckt General Wrangel. Ihr Gesuch wird abgewiesen. Möglicherweise hat sie nichts anderes erwartet.

Mit Ausweisungen reagierte die Obrigkeit vorzugsweise auf solche Aktivisten, die im Jahre 1848 wie auf Verabredung in sämtlichen deutschen Ländern hervortraten: die Gründer und Gründerinnen von Clubs, Vereinen und Zeitschriften, deren Zahl in diesem Jahr sprunghaft wuchs. Der Historiker Dieter Hein spricht in seinem Buch *Die Revolution von 1848/49* von einer »Kommunikationsrevolution«. Diese war »in erster Linie ein Spiegelbild des sich nun breit entfaltenden politischen Lebens«. Die Aufhebung der Zensur und der Beschränkungen beim Vereinswesen, von allen Revolutionären mit Nachdruck gefordert und von den alten Mächten bis zur baldigen Rücknahme auch gewährt, spielte dabei eine wichtige Rolle. Die Anzahl der Zeitungen schnellte in Preußen von zuvor 404 Blättern im Revolutionsjahr auf 622 hoch, in Österreich von 79 auf 215, in Frankfurt am Main von zehn auf 17. Aber auch das Vereinswesen beunruhigte die Geheimdienste. Die in den 1820er und 1830er Jahren verbotenen politischen Vereine – auch und zuvörderst die der Frauen – hatten sich in Gesang- und Turnvereine verwandelt, jedenfalls äußerlich, und die Frauen diskutierten ihre Emanzipation hinter karitativen Aushängeschildern (»Suppenküchen«). Jetzt konnten sie wieder offen auftreten, und das taten sie mit Verve. Diese Keimzellen des späteren Parteiwesens repräsentierten die mannigfachen Interessen der Gesellschaft, ihre politischen Zielvorstellungen und sozialen Ideologien.

Es gab republikanische Vereine im Süden, es gab den »Zentralmärzverein« der Demokraten, es gab den

»Nationalen Verein« in Hessen, es gab den »Verein für König und Vaterland« der Konservativen, es gab den »Bund der Kommunisten« mit Karl Marx sowie mengenweise Kreise mit beruflich-syndikalistischen Sonderinteressen. Das Vereinsleben war naturgemäß instabil. Viele Gründungen überlebten ihre ersten Monate nicht. Entsprechend groß war die Zahl der Neugründungen. Im Rhein-Main-Gebiet erhöhte sich die Zahl der meist demokratischen Vereine während der Ära 1848/49 von 55 auf 301!

Louise Aston und Eduard Meier waren Mitglied im »Demokratischen Verein« und pflegten Kontakte zum Londoner »Central-Comitée für europäische Demokratie«. Hier arbeitete man an der Verwandlung der deutschen Kleinstaaten in eine moderne Republik durch Einrichtung von Zweigstellen in sämtlichen Ländern – auch in Rest-Europa sollten Stützpunkte für demokratische Erneuerung entstehen. Aston und Meier waren die Bremer Korrespondenten. Alle diese Aktivitäten mussten nach dem Ende des kurzen Frühlings für das freie Wort konspirativ erfolgen. So mancher Aktivist verließ den jetzt wieder sämtliche Mittel der Repression schärfenden Kontinent und ging, wie die Annekes, nach Amerika oder, wie Marx, nach England. Aston und Meier wollten in Bremen bleiben, aber das wurde ihnen schwer gemacht. Man verzieh dem Doktor nicht, dass er trotz der Warnungen vonseiten des Senats die politisch belastete Louise Aston geheiratet hatte. Wer war es denn, der diese Ehe einsegnete? Niemand anderes als der ›Lichtfreund‹ Leberecht Uhlich, der aus der freikirchlichen Bewegung stammte, sich zur Demokratie bekannte und entsprechende Probleme mit seinen Oberhirten bekam. Zu diesem Kreis gehörte auch der Pastor Rudolf Dulon von der Bremer Liebfrauenkirche. Dulon schrieb ein viel beachtetes Buch *Vom Kampf um Völkerfreiheit,* er versteckte den von der Polizei gesuchten Philosophen und Demokraten Arnold Ruge und predigte seiner Gemeinde, die ihn verehrte, von freier Religionsausübung. Ruge schrieb für die Zeitung, die Dulon herausgab, Dulon stand in Kontakt mit Aston, und sie alle arbeiteten für das Londoner Comitée. Auch Ruge wird Deutschland verlassen. Dulon geht nach Amerika.

Und Aston-Meier? Auch diese beiden Demokraten wandern aus, allerdings Richtung Osten. Als Meier wegen seiner Eheschließung mit der verfolgten Madam seinen Posten verliert, bleibt ihm nichts anderes übrig, als eine Stelle bei einem Lazarett auf der Krim anzutreten. Aber das geschieht erst 1855. Bis dahin haben beide etwas Luft für konspirative Arbeit und politische Hoffnung. Aston schreibt ihren dritten Roman und bemüht sich jetzt redlich – der Preis ist zu hoch geworden – nicht aufzufallen. Vergebens. Die berüchtigte Emanze, Demokratin, Atheistin wird auf dem Umweg über die Amtsenthebung ihres Mannes erneut für untragbar erklärt. Das Ehepaar geht nach Odessa, dann nach Charkow, nach Kronstadt in Siebenbürgen, Borzek und St. Miklos. Über einige Stationen in Österreich gelangen sie schließlich in den Schwarzwald. Wangen im Allgäu ist die letzte Station.

Es ist ein wahrer Aderlass, den die deutsche Intelligenz in den späten 1840er und 1850er Jahren erleidet, sie verliert viele ihrer besten Köpfe an die Emigration. Freizügigkeit, bemerkt mit trefflichem Sarkasmus Aston in jenem *Freischärler*-Artikel, sei nunmehr grundgesetzlich garantiert, man dürfe »überall hingehen, aber nicht bleiben, wo man will«. Über ihre Wanderjahre durch den europäischen Osten an der Seite Meiers ist nichts Persönliches bekannt. Ob die beiden von ihrem Ruf als Aufrührer und Demokraten immer wieder eingeholt und dann gekündigt wurden oder ob sie aus anderen Gründen bald wieder ihre Koffer packten, man weiß es nicht. Immerhin hatte Meier als Arzt reguläre Anstellungen, und Aston besaß ja als Krankenschwester Erfahrung. Man kann sich die beiden als Team vorstellen, das in den eher ärmlichen Weltgegenden, durch die es zog, gebraucht wurde, das sich womöglich aber nicht wirklich akklimatisieren konnte. Obschon es ihnen vermutlich schlechter ging als den Kampfgenossen, die es in die USA und nach England verschlagen hatte, gehörten sie doch zu einer Art weitläufiger Familie, den 1848er-Emigranten, die jetzt ihr Wissen, ihre Ideen, ihre Künste und ihre Träume mit sich in die Fremde trugen und da zu verbreiten suchten – wenn sie nicht politisch resignierten, wie neben vielen anderen Fritz Anneke, Arnold Ruge und wohl auch das Ehepaar Aston-Meier.

Louises erste Ausweisung aus Berlin im März 1846 kam einigermaßen überraschend für sie. Ihre Freunde unter den ›Freien‹, den ›Lichtfreunden‹ und

Burschenschaftlern wurden auch beobachtet. Da aber die meisten männlichen Geschlechts waren, ließ man sie einstweilen gewähren. Der Empörungsgrad, den die ›Freien‹ durch ihre politische Agitation und ihr anarchoides Unsinn-Machen hervorriefen, war meist nicht hoch genug, um die schwere Keule der Ausweisung zu provozieren. Anders bei einer Frau. Astons nonkonformes Betragen trieb die öffentliche Missbilligung rasch zum Siedepunkt. Hören wir den Vorhalt einer anonymen Beschwerdeführerin, die sich im Dezember 1845 also an den »Königlichen Polizeipräsidenten Herrn von Puttkamer Hochwohlgeboren« wendete:

»Eine Sache, die jedem guten Patrioten tief zu Herzen geht und gehen muss, bekümmert auch mich, und ich sehe mich daher veranlasst, Euer Hochwohlgeboren dies ans Herz zu legen, um möglichst die strengsten Maßnahmen dagegen zu ergreifen!

Eine gewisse Asten oder Aston zieht durch ihre Verführungskünste und durch entsetzliche Ausschweifungen Männer jedes Standes und Alters nach sich; nicht genug, dass Männer ihr Einkommen und Vermögen dieser Buhlerin opfern müssen, so hat dies Weib im Verein mit Dichtern, Künstlern, Offizieren, Juden etc. ein Komplott gegen den Staat, den König und die Religion gebildet. Dies Weib weiß durch ihre verruchten Künste immer mehr Männer heranzuziehen, und leider hat sie Männer in Beschlag, die Söhne von hier hochgestellten Beamten sind. Kann denn dies Weib nicht aus Berlin verwiesen werden, da sie gerade die Seele dieser Verschwörung ist? Auch steht sie schon unter polizeilicher Aufsicht.«

Louise hat einen polizeilichen ›Schatten‹, der ihrer Spur durch die Berliner Wein- und Wohnstuben getreulich folgt. Hier sein Bericht von Januar 1846:

»Nach vielseitig eingezogenen Erkundigungen über das Leben und Treiben der Louise Aston, 30 Jahre alt, evangelischer Religion, aus Gröningen gebürtig, Schumannstr. Nr. 1 wohnhaft, hat sich Nachstehendes als vollkommen begründet herausgestellt.

Seit dem Jahre 1844 befindet sich die Aston mit geringen Unterbrechungen in Berlin und will ihren Unterhalt von ihrem geschiedenen Ehemann, welcher Maschinenfabrikant ist, erhalten.

In ihrem äußeren Treiben, namentlich in letzter Zeit, wo sie in einem eng vertrauten und unmoralischen Verhältnis mit dem bekannten Liederdichter Gottschall aus Königsberg lebte, hat die Aston besonders gesucht, sich in der Öffentlichkeit im Gebiete der Politik bemerklich zu machen. So hat sie im verflossenen Sommer an den Landpartien des Gesellenvereins, als an dem Treiben der Lichtfreunde eifrigen Anteil genommen. Durch den näheren Umgang mit Literaten ist sie in ihrer Richtung noch überspannter geworden und affritiert nun Kommunismus und Emanzipation, welches letztere ihr namentlich zustatten kommt, da sie als ein freches raffiniertes Frauenzimmer, der es an natürlichem Verstande und Gewandtheit nicht fehlt, dadurch vielseitig im Verkehr an öffentlichen Orten, wie Weinhäusern, Restaurationen pp. Gelegenheit erhält, mit Männern in Berührung zu kommen und es versteht, durch einen gewissen äußeren Anstand und empfehlende Persönlichkeit, sich erobern zu lassen.

Obgleich die Aston in ihren häuslichen Einrichtungen sehr beschränkt lebt, so sucht sie doch im Äußeren Aufwand zu machen und sich namentlich in ihrer Kleidung auffallend zu tragen. So hat sie nicht selten mit Gottschall Exkursionen in Männerkleidern nach verschiedenen Kneipen gemacht und ursprünglich einen Emanzipationsverein von Frauen durch ihr Beispiel ins Leben gerufen.«

Es folgen die Namen der Opfer jener Sirene namens Aston, darunter die Brüder Bauer und Max Stirner.

Louise hat in ihrer eigenen bescheidenen Wohnung einen Mittwochstreff veranstaltet, einen kleinen literarischen Salon, in dem ausgiebig vorgelesen, debattiert und gebechert wurde. Zu den *habitués* zählte der Literat Titus Ullrich. Aufmerksame Nachbarn sorgten dafür, dass dieses Mittwochstreiben bald polizeibekannt war. Noch eine anonyme Eingabe:

»Die Aston befindet sich noch immer in Berlin, und hält ihre heimlichen Zusammenkünfte mit Männern, die sie auszieht. Sie hat durchaus keinen Erwerbszweig, sondern lebt von dem, was sie auf unrechtlichem Wege erwirbt, ja man kann sich keines anderen Ausdrucks bedienen, als dass sie eine gemeine Hure ist, die noch obendrein verdächtig ist, auch Umgang mit Spitzbuben zu haben. Muss denn ein solches Geschöpf ganze Familien unglücklich machen? Man wird abwarten, was geschehen wird. Alsdann wird man erneut einschreiten.«

Es gibt einen weiteren Polizeibericht vom Februar 1846, der Aston nun allerdings ein einigermaßen faires Zeugnis ausstellt:

»Nach einer persönlichen Annäherung an die Aston glaube ich, die Überzeugung gewonnen zu haben, dass sie einzelne [Männer] zwar aus Inklination, wie dies mit Gottschall und dem Literaten Titus Ullrich der Fall ist, besonders begünstigen mag, nicht aber, wie behauptet wird, ein unsittliches Gewerbe daraus macht, da alle jungen Männer ihres Umgangs, meist Literaten, selbst in sehr derangierten Verhältnissen leben. Es scheint überhaupt in den anonymen Schreiben über die Lebensweise und die persönlichen Verhältnisse der Aston eine Übertreibung zu liegen, umso mehr, als sie nach richterlicher Erkenntnis von ihrem Mann jährlich 250 Reichstaler erhält. Ihre Emanzipationswut scheint sich, bei dem wenigen Anklang, den sie gefunden hat, bedeutend gelegt zu haben. Ihr ganzes Wesen trägt überhaupt durch ihren Umgang ein solches Gemisch von politischen Träumereien und Überspanntheit, wie das auch aus den Gedichten, die sie bei dem Buchhändler Kühn im Drucke erscheinen lässt, hervorgeht, dass sie einer totalen Verwirrung eben nicht mehr fern zu sein scheint.«

Die wütende Person, die Aston zum Staatsfeind Nummer eins erklärt hat, schreibt nunmehr an den König:

»Im Verein mit einigen anderen Frauenspersonen hat Aston mit jenen Literaten öffentliche Lokalien besucht, mit ihnen Tabak geraucht und getrunken, und die Politik und die Religion zum Gegenstande der öffentlichen Unterhaltung gemacht. Vorzugsweise will sie auf die Emanzipation der Frauen hinwirken. Und wie beharrlich und rücksichtslos sie ihre Ansichten durchzusetzen gesonnen ist, geht daraus hervor, dass sie bei ihrer Vernehmung über ihre persönlichen Verhältnisse ohne Scheu erklärt hat, ›sie glaube nicht an Gott und rauche Zigarren. Sie beabsichtige die Frauen zu emanzipieren und sollte es ihr Herzblut kosten. Sie halte die Ehe für ein unsittliches Institut und erst, wenn der Glaube an Gott und das Institut der Ehe fortfalle, würden die Menschen glücklich sein.‹«

Es waren nicht nur die Denunzianten und die Polizei, die sich über Louise Gedanken machten, auch die Presse berichtete gern mit einem gewissen Unterton über die Dame und ihre Umtriebe, wobei es allerdings Stimmen gab, die Verständnis heischten oder einfach fanden, was diese Zugereiste da tue und lasse, ginge niemand was an, auch nicht die Obrigkeit. Die sah das nicht so. Schließlich gab es da ja auch noch die *Liebesdithyramben* des Dichters Gottschall, gewidmet der unbotmäßigen Louise, und wer diese Gedichte las, war unmittelbar im Bilde über die Natur der Beziehung, die Dichter und Bedichtete verband.

Im März ereilte Louise der Ausweisungsbefehl. ›Das nehme ich nicht hin‹, sagte sie sich, als sie die »Verfügung des modernen Schicksals« in der Hand hielt.

Eine öffentliche Gegenwehr anlässlich einer Maßnahme wie der Ausweisung war, wie Germaine Goetzinger in ihrer Aston-Studie betont, absolut ungewöhnlich, allemal seitens einer Frau. Louise wusste: Hier werden elementare Rechte verletzt! Weiter: Sie konnte das beweisen. Denn sie konnte schreiben. Und so entstand ihr epochales Traktat *Meine Emanzipation, Verweisung und Rechtfertigung.* Sie brachte es noch im selben Jahr bei C. G. Vogler in Brüssel heraus. Der Anfang klingt so:

»Eine Frau, die ihre Privatangelegenheiten vor das Forum der Öffentlichkeit bringt, muss entweder grenzenlos eitel oder von der äußersten Notwendigkeit zu diesem Schritt gezwungen werden. In diesem letzten Falle befinde ich mich. Vielfache Verleumdungen in öffentlichen Blättern, zuletzt die Maßregel der Polizei, die mich in Folge jener öffentlichen Denunziationen aus Berlin verwies; alles das berechtigt, ja zwingt mich, mit einer Rechtfertigung vor dem Publikum aufzutreten, um meine Ehre zu retten, und von der öffentlichen Meinung den Schutz zu erbitten, den die Gewalten des Staates dem schutzlosen Weibe hartnäckig versagten.«

Die Schrift gliedert sich in drei Teile. Auf die »Einleitung« folgt unter dem Titel »Die Verweisung« eine Darstellung der Umstände, die zu Astons Überwachung und Vertreibung führten. Und im dritten, wichtigsten Teil, überschrieben mit »Meine Rechtfertigung«, legt sie Punkt für Punkt dar, warum ihr seitens der Obrigkeit schreiendes Unrecht geschah. Sie denkt sich dabei sogar in die Nöte der Exekutive hinein, die keine Unruhestifter dulden mag, und setzt sodann ihr Freiheitsverlangen dagegen, ihr Recht, so zu leben, wie es ihrem Wesen und ihrer Eigenart entspricht. Dabei geht sie durchaus taktisch vor, trägt ihr Herz nicht immer auf der Zunge. Die erotischen Verse zum

Beispiel, die der Dichter Gottschall ihr gewidmet habe – könne die Polizei einfach so davon ausgehen, dass der Geist dieser Verse auch der ihrige sei, mache allein eine Widmung die Person, der sie gilt, mit dem Dedikator notwendig eines Sinnes? Und wie ein Angeklagter in heutiger Zeit darauf pocht, bzw. durch seinen Anwalt fordern lässt, dass er freigesprochen werden müsse, weil es keine Beweise für die ihm zur Last gelegten Taten gebe, so verlangt Aston, dass man ihr die Gründung eines Vereins für die Emanzipation der Frauen erst einmal nachweisen müsse. Da hatten die Ordnungshüter wohl nichts in der Hand. Hinzu kam, dass Aston sich ja mit den Zeitgenossinnen, die solche Vereine betrieben, eher schlecht verstand. Des Weiteren nimmt sie in der »Rechtfertigung« politische Entwicklungen vorweg, die viel später zur Umsetzung anstehen: so die Trennung von Kirche und Staat und das Recht auf Religionsfreiheit, das ja auch solche Exzentriker schützt, die glauben, ganz ohne Religion besser zu fahren; so die Meinungsfreiheit und das Recht auf freie Entfaltung der Persönlichkeit. Aston weiß, dass gegen eine polizeiliche Verfügung wie die Ausweisung keine wirksame juristische Verteidigung möglich ist, deshalb wendet sie sich mit ihrer Schrift an die Öffentlichkeit, die sie durch ihre teils subtile, teils kämpferische Argumentation auf ihre Seite ziehen will. Dabei widersteht sie keineswegs der Versuchung, sich mittels der Analyse der Gründe, die ihre Ausweisung nötig machen sollen, ordentlich über den Minister des Inneren, den Polizeipräsidenten, den Regierungsrat, den polizeilichen Ermittler oder wer sonst die Ausweisung noch betrieben hatte und unterschreiben musste, lustig zu machen. Ihr war mitgeteilt worden, dass sie Berlin verlassen müsse, »weil sie Ideen geäußert habe und ins Leben rufen wolle, welche für die bürgerliche Ruhe und Ordnung gefährlich seien«. Was das denn für Ideen seien? »Da das Zigarrenrauchen nicht zu den Tatsachen gehört, durch welche eine Idee ins Leben gerufen wird und außerdem auch bloß in den Straßen der preußischen Residenz polizeilich strafbar ist, so bleibt nichts übrig als diese Worte auf die ›Stiftung eines emanzipierten Frauenclubs‹ zu beziehen.« Und sie fragt die Polizei, ob die nicht vielleicht zu eifrig in der Sensationspresse nachgeschlagen habe. »*Die Deutsche Allgemeine Zeitung* machte mich zu einer falschen Miss, welche Zigarren rauchte, einige Phrasen von der ›freien Liebe, welche die Welt erlösen solle‹, im Munde führe und mit großen Emanzipationsplänen umgehe. Die *Hamburger Jahreszeiten* schilderten schon die Verwirklichung dieser Pläne, die organisierte Emanzipation, die verschiedenen Getränke, mit denen sich die emanzipierten Damen in die nötige Begeisterung versetzten, die Kühnheit, mit welcher sie die Herren zum Tanz aufforderten und schreiben mir dann eine besondere Virtuosität in dieser Art des Frauentums zu.« Lächerlich, sagt Aston, vor so was habt ihr Angst? »Dass die Damen die Herren zum Tanz auffordern?« Gern klügelt sie an der Formulierung herum, dass sie »Ideen ins Leben rufen wolle«, also auf eine bloße Absicht hin mit der Ausweisung bestraft würde. »Eine Absicht ist bekanntlich von einem *fait accompli* himmelweit unterschieden und gehört nur vor das Forum des Gewissens.« An diesem Punkt wird Aston dann aber unerbittlich. Ihr Gewissen, darauf besteht sie, darf nur von ihr selbst beurteilt werden, von niemand sonst. Und ihr ›Glaubensbekenntnis‹, das man ihr abgeluchst hatte und das man nun gegen sie zu verwenden trachtete, gehöre nur ihr allein, gehe die Polizei nichts an und sei in jeder Hinsicht legitim.

Was hatte es mit diesem ›Glaubensbekenntnis‹ auf sich? Aston erzählt die Geschichte.

Auf ihren Widerspruch gegen ihre Ausweisung hin wurde sie ins Präsidium gebeten. Sie ging hin, musste aber warten, da der zuständige Regierungsrat noch zu tun hatte. Einstweilen setzte sich ein freundlicher Mitarbeiter der Behörde namens Stahlberg zu ihr, man kam ins Gespräch. Aston erzählte mit allem Freimut, worum es bei ihrem Besuch gehe, von der Verweisung, von den Vorwürfen und von ihren Überzeugungen. Stahlberg fragte mehrfach interessiert nach. Als sie dann später zum Regierungsrat vorgelassen wurde, hielt man ihr das Protokoll des gerade geführten Gespräches als ihr ›Glaubensbekenntnis‹ vor die Nase und nötigte sie, es zu unterzeichnen. Aston war platt. Ihr war nicht klar gewesen, dass Herr Stahlberg sich nur zu ihr gesellt hatte, um sie auszuhorchen. »Ich nahm deshalb keinen Anstand, mich frei zu äußern, weil ich nach der Art und Weise, wie diese Fragen getan wurden, dies Gespräch für ein durchaus privates halten musste.« Ihr ›Glaubensbekenntnis‹, das ihr nun schriftlich vorliegt, will sie aber, ungeachtet der üblen Methode, mit der die Polizei es sich verschafft hatte, keinesfalls verleugnen.

»Dieser Glauben und diese Ansichten sind mein eigenster Besitz; sie sind eine natürliche Folge der unglückseligen Verhältnisse, die ich durchlebt, der schmachvollen Behandlung, die ich erduldet habe; und ich kann nicht glauben, dass man bei der ›Gewissensfreiheit‹, die in Preußen jedem Untertan gestattet wird und welche der Stolz der Nation ist, mir aus meinen Ansichten einen Vorwurf machen kann, ehe es nicht gewiss oder wenigstens wahrscheinlich geworden, dass diese Ansichten mich dahin führen, etwas gegen die Gesetze des Landes Verstoßendes oder für die Ruhe Gefährliches zu unternehmen. Zu dieser Annahme aber liegen gegen mich keine Gründe vor; es sind keine Tatsachen, keine von mir begangene Handlungen bekannt, welche, dies zu beweisen, geltend gemacht werden könnten!«

Aston gibt immer noch nicht auf. Sie verlangt und erhält Audienz beim Herrn Minister von Manteuffel, mit dem sie Klartext reden will: Bitte nennen Sie mir die Gründe für meine Ausweisung! Ideen und Absichten, das kann es doch nicht gewesen sein. Aus dem Gedächtnis rekonstruiert die Beschwerdeführerin ihren Dialog mit der Amtsperson:

»Minister: Sie haben sich so frivol und außergewöhnlich benommen, Madam Aston, dass ich mich wundern muss, wie Sie es wagen, gegen ihre Verweisung zu protestieren.

Ich: Ich weiß nicht, was Eure Exzellent frivol nennen?

Minister: Warum stellen Sie ihrem Glaubensbekenntnis voran, dass Sie nicht an Gott glauben?

Ich: Weil ich nicht heuchle, Exzellenz!

Minister: Man muss Sie an einen kleinen Ort verweisen, wo Sie der Verführung nicht so ausgesetzt sind, um wahrhaft für ihr Seelenheil zu sorgen.

Ich: Aber meiner schriftstellerischen Karriere wegen ist mir der Aufenthalt in Berlin wünschenswert, wo ich stets neue geistige Anregung finde.

Minister: In unserem Interesse ist es keineswegs, dass Sie ihre künftigen Schriften, die gewiss so frei wie Ihre Ansichten sind, hier verbreiten.

Ich: Nun, Exzellenz, wenn sich erst der preußische Staat vor einer Frau fürchtet, dann ist es weit genug mit ihm gekommen!

Minister: Ich bin beschäftigt. (ab)

So hatte diese Unterredung für mich auch kein weiteres Resultat, außer der Erkenntnis, wie wohlmeinend man durch meine Verweisung meiner Seele den Weg zum Himmel bahnen wolle, den sie leichtsinnig verscherzt und durch eigene Kraft nicht mehr zu finden im Stande sei. Meine Angelegenheit schien aus dem Gebiete der Jurisprudenz auf das der Theologie hinübergespielt, ein Tausch der Fakultäten, bei dem meine Sache allerdings im Himmel gewann, auf Erden aber augenscheinlich verlor.«

Astons ›Glaubensbekenntnis‹ wurde zu den Akten genommen, wo sich schon Gottschalls *Liebesdithyramben,* diverse anonyme Denunziationen, jede Menge Zeitungsartikel und die obligatorischen Polizeiberichte anfanden. Für das Lesepublikum arbeitet die Verwiesene ihre Argumente noch einmal heraus. Jetzt lässt sie alle Ironie beiseite, jetzt ist es ihr ernst:

»Was nun mein Glaubenbekenntnis anbetrifft, so ist dies das Resultat meines Lebens, meiner Schicksale und Studien. Mag es abweichen von dem gewöhnlichem Glauben der Menschen; mag es den meisten irrig und haltlos erscheinen: es ist meine feste Überzeugung, die mir einen festen Halt im Leben gibt. Keiner äußeren Gewalt, am wenigsten der Staatsgewalt, steht das Recht zu, dies mein innerstes Heiligtum anzutasten.

In den Instituten liegt die Unsittlichkeit, nicht in den Menschen; in den Menschen nur insofern, als ihnen Einsicht und Kraft fehlt, um bessre Verhältnisse zu schaffen. Doch in unsrem Jahrhundert liegt diese Sehnsucht, dieser hoffnungsreiche Drang und Trieb nach freieren Gestaltungen, welche endlich das rein Menschliche zu seinem Rechte kommen lassen. George Sand tritt uns als die Prophetin dieser freien schönen Zukunft entgegen.

Dies ist die einzige Frauenemanzipation, an der auch meine Sehnsucht hängt, das Recht und die Würde der Frauen in freieren Verhältnissen, in einem edleren Kultus der Liebe wieder herzustellen. Sich selbst wegwerfen ist die höchste Schande, und grade diese Schande wird durch die Ehe vor aller Welt zur Ehre gestempelt. Doch zu diesem neuen Kultus der Frauenwürde und Frauenliebe gehört vor allen Dingen eine tiefe Bildung und ein höheres Bewusstsein der Frauen selbst. Das ist die andere Seite einer vernünftigen Frauenemanzipation, wie sie meiner Seele als Ideal vorschwebt.«

Die Gretchen-Frage, die Religion und der Druck, der sofort spürbar wurde, wenn sich jemand als ungläubig outete – Aston wusste, dass es klüger war, in diesen Dingen ein wenig zu schwindeln, um es dem Gegner nicht allzu leicht zu machen. Aber es gehörte auch zu ihrer Lebensphilosophie, bei den ernsten und letzten Dingen der Wahrheit die Ehre zu geben. Also ruft sie noch einmal die großen Zeugen aus der philosophischen Fakultät auf, um ihren Standpunkt, wenn nicht nachvollziehbar, so doch der Achtung wert, dem Publikum gegenüber deutlich zu machen.

»Mein Glaubensbekenntnis ist ferner in religiöser Beziehung abweichend von dem offiziellen Glauben des Staates. Dies würde nur dann ein Verbrechen sein, wenn ich Missionare für meine Idee in die Welt schickte oder die Thesen eines neuen Glaubens an den Kirchentüren anschlüge … Dem Publikum möge genügen, dass dies Glaubensbekenntnis allerdings ein religiöses ist, wenn wir, mit dem großen Theologen Schleiermacher, Religion als die Form auffassen, in der sich jeder einzelne mit dem Universum vermittelt. Ob ich dabei an einen persönlichen, lebendigen, außerweltlichen Gott glaube oder nicht, ist ganz gleichgültig. Ich habe zwar für meinen Glauben die Autorität von Spinoza bis Hegel, mit denen ich gerne zusammen verdammt und selig werden will. Ich habe das ganze Bewusstsein der Gegenwart für mich, das mit größter oder geringerer Klarheit über jenen Glauben hinausdrängt; und gewiss die Überzeugung vieler meiner Richter, welche die Religion nur zu Staatszwecken dressieren. Ich nehme das Recht in Anspruch, ›auf meine Facon selig zu werden‹, mich auf meine Art mit dem Weltall zu vermitteln; ein Recht, das den Frauen so gut zusteht wie den Männern. Das aber ist meine feste Überzeugung, dass grade über die maßlose religiöse Heuchelei dieser Zeit über kurz oder lang der Tag des Gerichtes hereinbrechen wird. Doch alle, welche offen und frei ihre Überzeugung aussprechen, gleichgültig gegen das Achselzucken einer in der Lüge großgezogenen Menge und gegen das Stirnrunzeln der auf der Heuchelei ruhenden Staatsgewalten, retten ihre Seelen vor dem künftigen Gericht der Geschichte.«

Aus Astons Streitschrift *Meine Emanzipation, Verweisung und Rechtfertigung* wird in dieser Hommage umfangreich zitiert; das musste sein, denn in keiner anderen Literaturgattung hat sich Aston so vielseitig, so intelligent, scharfsinnig, humorig, witzig und weitblickend gezeigt wie in dieser Streitschrift. Ihr revolutionäres Pathos ist voll und markig, aber es ist – anders als so manche Passage in den ersten beiden Romanen mit ihren ›Unsagbarkeitstopoi‹ – niemals kitschig, immer aufrichtig und stark. Zum Verhängnis wurde der Schriftstellerin letzten Endes ihr Hang zur Praxis, der sie ja ehrt, der sie aber davon abgebracht hat, sich als Dichterin zu entwickeln und es in ihrer fiktionalen Prosa zu einer ähnlichen Wahrhaftigkeit und Gedankenfülle zu bringen wie in ihrer Kampfschrift. Aber so war sie eben. Reden war ihr zu einfach, Besserwissen zu billig und Dichten nicht aggressiv genug. Sie wollte wirklich etwas verändern. Das lag im Zug der Zeit. Die deutschen Intellektuellen hatten die Geduld verloren. Sie wollten es den Franzosen gleich tun und handeln. In ihren Köpfen hatten sie, so empfanden sie es, die neue freie Welt schon längst zu Ende vorbereitet. Jetzt kam es auf die Umsetzung an. Als die stockte, wussten viele nicht mehr, wohin mit sich, so auch Aston. Nach den Reminiszenzen an ihre Freischar-Zeit kam dann keine Literatur mehr. Der Rest waren Fluchtbewegungen.

Ausführlich beschreibt Louise in *Meine Emanzipation, Verweisung und Rechtfertigung,* wie alles anfing. Das Trauma des ›Bruchs‹, der Beschädigung ihrer Jugend durch das Zusammenleben mit einem verhassten Ehemann, dessen Bettgefährtin sie wider Willen war und von dem sie drei Kinder empfing und austrug; dieses Trauma stand am Beginn ihrer Revolte, der Empörung über Zustände, die solche Demütigung für normal halten. Louise hätte sich nach ihrer persönlichen Befreiung, nach Scheidung und Ortswechsel in ihrer neuen Existenz mit der Tochter und der Aussicht auf Zuverdienst durch Schreiben beruhigen können, aber das tat sie nicht. Es ging ihr nicht allein um ihre persönliche Zufriedenheit. Sie wollte die Zustände anklagen und verändern. Sicher gibt es auch glückliche Konvenienzehen, erklärt sie, und Frauen, die so ein erfreuliches Los gezogen haben, werden über sie, die Rebellin, den Kopf schütteln. »Sie werden mich als Abenteurerin verdammen, die, untreu einem gesetzlich vorgeschriebenen Glück, den Frieden sucht, den ihr die heimatliche Stätte, als Weibes eigenster Wirkungskreis, nicht zu gewähren vermochte. Doch vom sicheren Ufer aus lässt sich leicht der Sturm verachten, mit dem auf offener See das schwankende Schiff vergebens kämpft. Ich habe ihn durchfühlt, den Schmerz der Zeit, den Wehruf der Opfer, welche die Unnatur der Verhältnisse zu Tode foltert. Ich weiß es, welcher Entwürdigung eine Frau unter dem heiligen Schutze des Gesetztes und der Sitte ausgesetzt ist; wie sich die hilfreichen Penaten des Hauses in nutzlose Vogelscheuchen verwandeln und das Recht zum Adjutanten brutaler Gewalt wird!«

Der Schmerz der Zeit. Wieder ruft Aston ihre Gewährsfrau George Sand auf, die diesen Schmerz ebenso durchlitten und in anrührende, aufrüttelnde Literatur verwandelt hat. In solchen scheinbar bloß unglücklichen Biografien einer Sand und einer Aston samt ihrer Auflehnung steckt ja viel mehr: Es ist das ganze Frauenemanzipationsprogramm, das mit einer Kritik der Ehe und der rechtlichen Übermacht des ›Haushaltsvorstandes‹ beginnen muss, flankiert von einem Frauenbildungs- und Berufsprogramm, das weibliche Selbstständigkeit nicht mehr als unwillkommene Ausnahme, sondern als sinnreiche, beglückende Existenz ermöglicht. Die groß ausholenden Gesten, mit denen diese beiden Pionierinnen der Frauenemanzipation auf die Bühnen von Literatur und Politik getreten sind, entspricht der Harthörigkeit des bürgerlichen Zeitalters, was die fällige Übertragung seines Gleichheitsverlangens auf die Geschlechter betrifft. Da waren ganz schnell Gott und die Natur am Werk, die nun mal eine gewisse Ungleichheit gewollt hätten. Auch Herrschaft des einen Geschlechts über das andere? Aston blieb nichts anderes übrig, als sogar Gott anzuzweifeln, um ihr

Freiheitsverlangen vor sich selbst und vor der Welt bündig erklären zu können.

In ihrer Streitschrift beansprucht sie auch einen Mitleidsbonus, spricht gern von der ›Schutzbedürftigkeit des Weibes‹, das auf sich selbst gestellt nicht sehr weit komme. Deshalb, liebe Öffentlichkeit, lies mein Traktat und leiste mir Schützenhilfe! Die Ehe- und Familienkritikerin erwähnt auch die Tochter, um derentwillen ihr Berlin als Wohnsitz wichtig sei – sie wolle doch dem Mädchen eine gute Ausbildung zuteilwerden lassen. Die Spur dieses Kindes übrigens ist in all den nur bruchstückhaften Zeugnissen, aus denen wir die Vita Louise Astons rekonstruieren müssen, sehr blass vorhanden. Der Streit ums Sorgerecht wogte eine Weile hin und her, da aber Mrs Aston nach ihrer Ausweisung weit schlechtere Karten hatte als ihr Exmann und da von Jenny Aston hinfort nicht mehr die Rede ist, muss es der Vater gewesen sein, der den Prozess gewonnen hat. Im Revolutionsjahr 1848 allerdings starb der Unternehmer – was danach aus der Tochter wurde, wissen wir nicht. Erst ganz am Ende der Geschichte taucht sie noch einmal auf. Eduard Meier, der zwei Jahre nach seiner Frau starb, hat sie in seinem Testament, das allerdings von einem Verwandten erfolgreich angefochten wurde, bedacht. Das spricht dafür, dass Louises überlebende Tochter für die Mutter und ihren zweiten Mann eine gewisse Präsenz behalten hat, dass es Kontakt gab.

In Astons literarischem Werk spielen Kinder jedoch keine Rolle. Das Kind, das Lydia nach der Quasi-Vergewaltigung durch den eigenen Ehemann zur Welt bringt, stirbt als Säugling. Von Alice heißt es einmal, sie habe ein Kind gehabt, das dann aber wohl nicht aufgewachsen ist, denn als Mutter tritt Alice nicht in Erscheinung. Überhaupt hütet sich Aston davor, die Mutterschaft in irgendeiner Weise zu verklären; das hat die patriarchalische Kultur zu Genüge getan, dabei will Aston nicht mit von der Partie sein. Hätte man sie gefragt, ob Muttersein für eine Frau eine beglückende Option sein könne, so hätte sie wohl geantwortet: Sicher, wenn sie in Freiheit gewählt wird.

An ihr Emanzipationsprogramm wie auch an die politische Perspektive einer Revolution hat Aston geglaubt, und man darf davon ausgehen, dass ihr Mann Eduard dabei an ihrer Seite stand. Aber sie sah auch, dass die Zeit noch nicht reif war, dass die praktische Umsetzung sehr lange währen könne, dass es da ein Trägheitsmoment gab, gegen das sie und ihre Mitkämpfer nicht ankämen.

»Denn da der Mensch aus Gemeinem gemacht und die Gewohnheit seine Amme ist, so gewöhnt er sich an jede Art der Sklaverei und sucht sich zuletzt in der Entwürdigung selbst heimisch zu fühlen.«

In ihrer ›Rechtfertigung‹ argumentiert sie meistens persönlich und überlässt es den Lesern, eigene Schlüsse zu ziehen. Dabei macht sie jedoch ihren Standpunkt als einen möglichen allgemeinen unmissverständlich klar: »Unser höchstes Recht, unsere höchste Würde ist das Recht der freien Persönlichkeit, worin all unsre Macht und all unser Glauben ruht, das Recht, unser eigenstes Wesen ungestört zu entwickeln, von keinem äußerem Einfluss gehemmt, den inneren Mächten frei zu gehorchen, die Harmonie der Seele durchzubilden, mag sie auch ein Missklang scheinen gegenüber dem herrschenden Glauben der Welt.

Meine Sache spricht für sich selbst, sie ist ihr eigner Advokat. Doch ist sie nicht bloß meine Sache. Ihr Interesse ist ein allgemeines. Darum übergebe ich diese Blätter dem Publikum ...«

Astons Schrift stieß auf Resonanz, Karl August Varnhagen von Ense erwähnt sie in seinem Tagebuch vom Juni 1846. Er notiert: »Willkür und Ungerechtigkeit gegen Louise Aston verübt.« Fritz Anneke schreibt einen sympathisierenden Brief. Sie antwortet: »Das Mittel, unser Land aus seinem Schlafe zu wecken, soll noch gefunden werden, und es wird größere Opfer verlangen, als ihm bisher gebracht sind.«

Wenn wir Louise heute, zweihundert Jahre nach ihrer Geburt, wieder auferstehen lassen und sie in ihr geliebtes Berlin versetzen könnten, was würde sie wohl sagen? Sie würde frohlocken. Überall sähe sie Mädchen in Hosen auf den Straßen, manche von ihnen mit einer Zigarette zwischen den Fingern, und keiner wundert sich. Hätte sie die Möglichkeit, tiefer in die sozialen Verhältnisse einzudringen, so erführe sie: Mädchen machen das, was sie selbst sich einst glühend gewünscht und mittels Annahme einer männlichen Identität überlegt hatte umzusetzen – sie studieren an der Universität! Philosophie, Politik, Naturwissenschaften, Medizin. Sie können zum Militär gehen, wenn sie wollen, und bei den Protestanten werden sie Pastorinnen. Sie verdienen ihr eigenes Geld – nicht nur als Lehrerinnen oder Krankenschwestern, sondern als Schuldirektorinnen und Ärztinnen, als Ingenieurinnen und Pilotinnen. Louise würde sich an eine Zeitung wenden und einen Artikel schreiben, in dem es von Unsagbarkeitstopoi nur so wimmelte: Sie sei unbeschreiblich glücklich, ihre Utopie verwirklicht zu sehen, sie empfände eine namenlose Dankbarkeit und einen unnennbaren Stolz. Aber dann holte eine Kollegin von der journalistischen Zunft sie ab und zeigte ihr ein paar Statistiken: über das Einkommen von Frauen, über ihren Anteil an Führungspositionen, über Karriereeinbrüche von Müttern. Sie verweist auf das Los der Frauen weltweit, auf Erdteile, in denen sie nach wie vor systematisch entmündigt werden, auf Zustände, in denen es ihnen weit schlechter geht als in Astons eigener Epoche. Louise würde einen tiefen Seufzer ausstoßen. Und dies wäre ihre Antwort: »Nicht die Philisternaturen sind unsere Feinde, sondern jene Phrasenhelden, die ihre Tatkraft in Worten befriedigen, um dann beruhigt den allgemeinen Schlendrian mit zu kriechen. Die Tat sei unser Losungswort!« Und sie würde vorschlagen, ein weibliches Freikorps zu gründen, das überallhin geht und eingreift und streitet, wohin »der Schmerz der Zeit« es ruft.

Literatur

Louise Aston: Gedichte und Autbiographisches
Louise Aston: Aus dem Leben einer Frau
Louise Aston: Revolution und Konterrevolution
Alle nach dem Erstdruck, herausgegeben von Michael Holzinger bei CreateSpace Independant Publishing Platform 2013
Louise Aston: Lydia, Sammlung Zenodot 2007
Germaine Goetzinger: Für die Selbstverwirklichung der Frau: Louise Aston, Frankfurt 1983
Renate Möhrmann: Die andere Frau. Emanzipationsansätze deutscher Schriftstellerinnen im Vorfeld der Achtundvierziger-Revolution, Stuttgart 1977
Barbara Wimmer: Die Vormärzschriftstellerin Louise Aston. Selbst- und Zeiterfahrung, Bern 1993
Ruth-Ellen Boetcher Joeres: Respectability and Deviance. 19th Century German Women Writers and the Ambiguity of Representation, University of Chicago Press 1992
Dieter Hein: Die Revolution von 1848/49, München 2004
Wolfgang Eßbach: Die Junghegelianer. Soziologie einer Intellektuellengruppe, München 1988

1. Auflage 2014
© edition ebersbach
Bozener Str. 19, 10825 Berlin
www.edition-ebersbach.de

Umschlagabbildung:
Johann Baptist Reiter, *Die Emanzipierte*
(Louise Franziska Aston), um 1853/55.
© Oberösterreichisches Landesmuseum
Satz: Birgit Cirksena · Satzfein, Berlin
Druck und Bindung: Westermann Druck, Zwickau
ISBN 978-3-86915-094-9

Ebenfalls in der blue notes-Reihe erschienen:

Barbara Sichtermann

Ein freies Frauenzimmer

Caroline Schlegel-Schelling

blue notes 49, 144 Seiten, ISBN 978-3-86915-066-6

Ein Lebensbild der großen Dame der Frühromantik, die als Frau so lebte, wie ihre Zeit es von den Frauen erwartete, und zugleich als Mensch mit Geist und Eigenwillen ihren Weg ging. Heitere Gelassenheit machte sie für sich zu einer Art Losung ihrer Lebensphilosophie. Das Schicksal erschwerte es ihr außerordentlich, dieser Devise treu zu bleiben. Aber sie schaffte es doch – weil sie ihre innere Freiheit durch alle Wechselfälle des Lebens zu bewahren verstand.

Beate Neubauer

Schönheit, Grazie und Geist

Die Frauen der Familie von Humboldt

blue notes 36, 144 Seiten, ISBN 978-3-938740-39-2

Die Frauen der Familie von Humboldt begegnen uns als vielsprachige Kosmopolitinnen, als Salondamen, als Kunstkennerinnen, als Liebende und Mütter. Sie erleben das Jahrhundert der Aufklärung, das bürgerliche 19. Jahrhundert und den Zusammenbruch des alten Europa am Ende des Ersten Weltkrieges. Am Beispiel der Humboldt-Frauen stellt Beate Neubauer den Aufbruch der Frauen in eine neue Zeit vor.